鬼市傳說 3

與鬼同行

完結篇

楔子

「鬼市」周遭，墨黑天空有如深不見底的深淵。

一縷纖細、瘦弱的倩影佇立於鬼市上空，吹襲而來的陣陣黑風，使她潔白無瑕的服飾紛飛飄揚。她清麗絕倫的俏顏，充滿悲涼、哀傷，因為囤積千百年的心緒，壓得她幾乎喘不過氣。

不懂，真的不懂他！

當初的情意綿綿都消失到哪去了？難道無數代的輪迴便讓他忘情了？還是他已蛻變成超脫世俗的得道高人，所以避談感情的事？

不，都不是這樣，是他對她，絕情了！

「呵呵……任妳千猜萬想，最難搞懂的，就是人心。」

她美麗容顏聞言，乍地變得猙獰，「誰？」

「我，墓鬼，加級成拘魂鬼，所以我收服了眾多冥鬼，嘿嘿，也算是獨霸一方啦。」

「獨霸一方，那能改變一個人的心嗎？」

拘魂鬼搖頭、嘆氣，瞬間又抬起醜惡鬼眼說：

「是不能。可是，我有辦法把對方搞得一塌糊塗，最後不得不臣服。」

「沒有用。」她無力地搖頭，想起她用盡多少計策、想盡多少方法，連阿官也幫過了許多忙，還是盡皆落空。

拘魂鬼上下打量她，「我不信。憑妳白素音這長相，沒有人能不心動。」

白素音訝異極了……它知道她？美眸迴轉之際，明瞭了。它是墓鬼，升級成拘魂鬼後，就有這法力。

「唯有他不動心。他是木石！」白素音咬緊貝齒，又不肯放棄地轉頭問：

「說說你的辦法。」

「等我一下。」

說著，拘魂鬼消失不見，一會兒後，再次出現，手上握著一管卷軸，隨即說起卷軸由來，「這是從『鬼市』倉庫偷拿出來的鬼軸。別看這個不起眼，這卷鬼軸可以囊括所有的東西，包括人、神、鬼、山石，以迄萬物，都能收攝在裡面。」

「鬼市的東西呀？」白素音輕蹙黛眉，「那，你一定聽過唐……？」

「唐東玄！」拘回鬼迅速接口，「『鬼市』誰不知道他，名氣響叮噹喔。」

「這個對他有用嗎？」

拘魂鬼喘著大氣，狂笑一陣。

「哇！哈哈哈，妳以為要把他收入鬼軸？錯！目的要引起唐東玄注意，讓他手忙腳亂。不過我先聲明，萬一他發現了鬼軸，恐怕會立即收回，塵封在鬼市倉庫之中。」

聽它這話，白素音心裡陡地冒出個想法。這件事，就交給阿官來處理吧。

拘魂鬼兩隻大手掌拍響起來。不一會，白素音的周圍不斷、不斷地湧現出各式各樣的陰靈、鬼物、亡魂，長相也迥然迴異。

白素音紋風不動，美眸清冷地逐一望著這群妖魔鬼怪，不知道拘魂鬼有什麼用意？

「哪！這群冥鬼……什麼叫冥鬼，妳知道嗎？」拘魂鬼自說自話地接口：「人死後的魂魄，進入鬼市或陰間，會失去生前記憶。在鬼市，數目最多的，就屬這類的冥鬼。這些是我收服了的冥鬼群。」

白素音不置可否地聽著。

「這群冥鬼，與妳同行。當妳運用鬼軸時，它們會聽妳指示，任妳調度。」

拘魂鬼一副得意洋洋地說著。白素音客氣道謝後，才說：

「它們要跟著我，當然可以。不過我得跟你說，我不需要它們幫忙。」

「啊！」拘魂鬼恍然大悟，「我居然忘記您是阿修羅公主，法力高過我們這群冥鬼。嘿嘿，失敬，失敬。」

「好說。鬼軸我收下了。」話罷，白素音便手持鬼軸，緩然消失。

在此同時，那群冥鬼齊聲高喊，跟隨著白素音，幻化而去：

「眾鬼跟隨公主，公主與鬼同行！」

第一篇

鬼軸

在這幢環境優雅的十六層高電梯大樓中，大片落地窗可以看到蒼翠山林、潺潺溪水，宛如一彎衣帶，緩緩向前流淌。

因爲沒事做，唐東玄又不在家，整幢樓顯得異常安謐而空曠，因此趙建倫在自己房間內靜坐。之前唐東玄教導過他在靜坐時要注意哪些細節，於是趙建倫一得空時，常常依唐東玄的指示靜坐，以滌清自己的身心、思緒。

坐了大約四十分鐘，漸入清明之境，趙建倫感覺身心平靜無波……

突然，一縷極細的聲音傳入趙建倫耳朵。唐東玄告訴過他，耳根是最靈敏，要是聽到什麼，都別理會。但趙建倫畢竟是初學者，耐力、韌性根本不夠深厚，哪可能不理它？更遑論身心自在了。

他心念一動，那種平靜無波、安謐的境界瞬間消失，接著傳來輕微的響聲：

「叩，叩，叩。」

這下子，趙建倫眞的沒辦法繼續靜坐了。他有些懊惱，莫怪唐東玄常說：

「**寧動千江水，莫擾道人心。**」

收起打坐姿勢，趙建倫開始冒汗。他抓過一條毛巾，擦掉渾身汗漬。

「叩，叩。」

又來了，很輕微的敲擊聲，卻聽不出聲音來源，也不像敲門聲。

趙建倫停止了擦拭，側耳傾聽……還是分辨不出來。

他在高一時輟學，姊姊趙芳蓮推薦他來向湯東玄學習，雖然唐東玄一絲不苟，但趙建倫畢竟是個十七歲的年輕人，輕狂個性依然不因此而減退。另外，唐東玄常常跟鬼打交道，甚至會跟神級人物說話、溝通、受託辦事，使得這個年輕人眼中對鬼少了整整七分害怕。鬼有什麼了不起的？

眼前不正是他大顯身手的機會嗎？何不試試呢？他抿抿唇角，調皮地在小桌子上，學著敲了兩聲。

忽然又響起兩聲「叩叩」，同時音量提高了些。趙建倫歪了歪頭，又想到一欸，他自覺這聲音十分像方才的叩聲呢，想到此，他笑了。

「如果你是鬼，就敲一聲。」

過了好一會沒動靜，趙建倫鬆了口氣，心想：呵！果然沒有鬼。是我想太多了。

這念頭尚未結束，卻突兀地聽到一聲響。只有一聲喔，不是剛才的或兩聲、或三聲。

趙建倫只呆了一下，心跳便逐漸加快，試探地又開口說：

「好，如果你是男的，請敲五下；如果你是女的，請敲三下。」

過了約有三、四秒，便傳來「叩叩叩叩叩」五聲。

這下子，趙建倫整個神經都繃緊，呼吸也不順暢了。

「你在哪裡？別糊弄我。如果你在屋內，請敲兩聲。」趙建倫盯一眼窗外，接口說：「如果你在屋外，請敲一聲。」

過了好一會，趙建倫眞的聽到兩聲「叩叩」。

聽到這裡，趙建倫整個頭皮都發麻了。他吞一口口水，想了想，又說：「可是我看不到你，你應該也看不到我。如果看不到我，請敲一聲；如果看得到我，請敲兩聲。」

隔了好一會，趙建倫清晰地聽到「叩叩」兩聲。

趙建倫再也不曉得要說什麼了，只是打從腳底泛上來一股惡寒。雖然唐東玄會抓鬼、跟鬼打交道，但他不會呀！他忽然很懊惱，爲什麼唐東玄教他練習法術、畫符時，沒有認眞好好學。

趙建倫雙眼亂轉、亂瞟，就是看不到鬼在哪裡，但它居然看得到自己？

偏偏唐東玄又不在家。

他瞄著房門，距離大約四公尺遠，喘著大氣估量著這距離要花幾秒才跑得到、再跑去唐先生的書房，他記得書房內有硃砂筆、有符籙、有驅鬼符、有收鬼符……

——你絕對……跑不掉，不管你跑到哪裡，我都可以追上你……

這道聲音雄渾，帶著濃濃凝重陰幽感。

腦波收到這句話，趙建倫馬上轉頭尋找離最近自己的地方，左右四下張望，大床舖、吊衣架、桌子、椅子……毫無鬼跡。

——我在仙人掌旁邊……

仙、仙人掌旁邊？這麼說來，它已近在咫尺！可是，爲何找不到仙人掌啦？

趙建倫心跳如擂鼓，而且愈來愈急促。

——你過來……繞過床鋪……快點！

天呀，這隻鬼眞的就在附近，還監視著自己的一舉一動。

「好漢不吃眼前虧。」這句至理名言從他不安寧的心中浮了上來。趙建倫抬腳，繞過床鋪。

——蹲下去……

趙建倫又瞄一眼房門，房門在床鋪左邊，距離剩兩公尺左右。他心想：很好，距離房門近多了，要跑比較容易。

——別打歪主意，聽到沒？快蹲下去……

仙人掌哪可能會在床鋪底下？趙建倫絕對不信，不過爲了應付它，只好蹲了下去。

嚇呀——

床鋪底的邊緣眞的有一個小型花盆，盆上放了碎石頭，單單只有一株仙人掌！只是這不是眞的仙人掌，而是塑膠製品。

姊姊趙芳蓮要帶他來住這裡時，他百般不情願，卻拗不過姊姊，只好收拾家當，準備離家；那時，他看到書桌角落的塑膠仙人掌，猶豫了一下，就順手塞入行李箱之內。

那是他高一時唯一的好朋友兼好同學獲悉他要輟學，送給他的禮物。臨別時，好友的話言猶在耳：

「別小看這盆塑膠仙人掌，好處很多：一、永遠不會凋謝，代表我跟你的情誼。二、不必費神、費力清洗。三、攜帶方便，可以永遠跟著你。四、有紀念價値，看到它，你就會記得我。」

因爲怕姊姊和唐東玄看到會笑話他，因此他將之收藏在床鋪底下，自認爲萬無一失，絕對沒有人會發現。

——不要再想了，都已經過去了。

忽然腦波又接收到「鬼訊息」，令趙建倫突兀地醒過來，同時也收回散漫的心思。哎呀！目前的難關依然存在，怎麼一回憶起過往就忘記了眼前的大事？

趙建倫定定心，喘口大氣，很不爽地開口：

「我看到仙人掌了，然後呢？又怎樣。」

——呼……看到沒？我在仙人掌旁邊……

「啊！」趙建倫大叫一聲，但沒看到什麼東西。

——仙人掌背後！看到沒？

趙建倫伸出手，小心翼翼把仙人掌轉個方向，背對著自己。入目之後，他整個人猝然往後摔倒……

認眞說來，仙人掌盆栽沒有前、後之分，只是轉個方向而已。在這一面的仙人掌接近根部處，趙建倫看到了一顆頭，沒有身軀、四肢。它附著在仙人掌上，臉向著趙建倫。

只見這顆頭高五公分、寬約四公分，長相有些模糊，唯獨一對大眼睛特別明顯。

乍看之下，很像是玩具，它一對大眼，跟趙建倫對望了許久、許久。

小臉動動嘴——沒看它張嘴、說話，可是，趙建倫腦波又收到「鬼訊息」：

——我不是玩具，我有名有姓。

趙建倫渾身打個顫抖，腳往後一縮，準備溜出房外。

——我說過別跑，不管你跑到哪裡，我都可以追上你，懂嗎？

趙建倫心想，哼！這麼小的東西，追得上我？才怪。

——呵呵，試試看，來，我閉上眼，你開始跑。

聽到這訊息，趙建倫看到小人臉眞的閉上兩眼。唉唷！此時不跑，更待何時？

雖然兩腳乏力，但不管顫抖也好、爬行也罷，趙建倫一個轉身，便拚命逃出房間，再回頭一看，後面空空的，它沒有追上來，令趙建倫略爲放下心，但他腳步沒停，直奔唐東玄書房。

接著趙建倫跑到書桌上翻找起來，想看看有沒有什麼方法可以制住那顆頭。

平常別說亂動唐東玄的東西，他連進書房也不敢，但這時已顧不了那麼多。

他打開第一個抽屜，入目之下，卻差點大喊出聲！那顆小小人頭，赫然在抽屜內！

趙建倫抖著手，立刻用力關上抽屜，再跑出書房，奔向客廳。他喘著大氣，再也受不了了，抓起電話，立刻撥起唐東玄的手機。

詎料手機才響一聲，大門突然被打開，趙建倫有如驚弓之鳥般跳起來，忘形大叫：「嘩——」

定睛一看，他立刻丟下話機，慌措地奔向唐東玄，狂急亂喊：

「喔！哇！唐先生、老師、您、怎這麼快就回來？救我，我、我、快嚇死了！」

「別急，我不是回來了？」唐東玄沉穩、帶著磁性的嗓音，具有安定人心效用。

原本他預定晚上才會回來，可是卻一陣心血來潮，定下心來，測出家裡有事，這才趕了回來。

趙建倫立刻一五一十道出方才的事情。唐東玄星目燦然地掃視屋內一圈，並未感受到什麼陰晦的東西，俊朗臉上，劍眉微聚。趙建倫看到他的表情，明白他的想法，急切辯解說自己沒有說謊。

唐東玄在屋內繞行一圈，再進書房、查看抽屜。

「那張可怕的小人頭眞的在這裡出現，我嚇死了，眞的！」

「我知道你不會說謊。有可能那東西離開了。」

唐東玄放下手上袋子，趙建倫識趣地退出去，但就在他踏出書房時，門外右手邊地上有個東西，定睛一看，嚇！

他立刻轉身奔進書房，倉惶叫著：「唐、唐先生、老師，它在外面地上！」

唐東玄很快走出書房，趙建倫緊跟在他後面。只見地上那顆小人頭已閉上雙眼，臉孔呈青灰色、黯淡無光。

「進來吧。」說完，唐東玄當先轉進書房。

趙建倫以爲他在叫自己，忙跟著走入書房，詎料入門後那顆小人頭竟已在書房地上。唐東玄走到另一邊的沙發落座，趙建倫跟著走近，肅立一旁。

「你也坐。」唐東玄說著，朝小人頭招手，「你過來坐。」

原本要落座的趙建倫吃了一驚，曲身一半，急忙又重新站起，唐東玄轉向他，藹然淡笑。

「別怕，你也要多學些東西，增長見識。」

趙建倫唯唯喏喏地坐下，心想：老師在，我怕什麼嘛？眞是。

沒看到小人頭怎麼過來，但它突兀地就出現在小茶几上，害趙建倫往後一退，縮著身子。

小人頭依然閉著眼，臉容黯青、灰敗。等了半晌，都沒人開口，唐東玄忽然莞爾。

「我忘記你沒辦法開口。」

話罷，唐東玄結手印，手心朝向小人頭，凌空一送，只見小人頭忽地睜開眼，鎖緊濃眉，流下兩行紅色血淚。

「我知道你受了冤屈，但不想找加害者報復。」唐東玄輕聲說。

一聽這話，小人頭血淚如瀑布般狂瀉而下，但都只流到它的下巴就消失，分毫沒有滴到小茶几桌面上。

趙建倫覺得好奇妙，不禁瞪圓雙眼看去，這時他才看清楚，原來小人頭的臉龐，長相正直而英挺。

「你可以開口說話了吧？」唐東玄問。

小人頭猛點頭，好不容易抹去哀傷，「我姓羅，羅明翊。我很痛苦，不曉得爲什麼會這麼難受。」

唐東玄頷首，徐徐道：「你身上中了『繫魂繩』，又被封印住，魂魄當然不得安寧。」

「『繫魂繩』？那是……什麼？那，你可以救我嗎？」羅明翊血淚已經止住，它忙問。

「『繫魂繩』是一種咒術。作用在於綑緊亡者的三魂七魄，讓亡者無法開口，無法找加害者尋仇，也無法轉世投胎，永遠被困住，是一種十分歹毒的咒術。」

「那，我會變怎樣？請你，救救我……」羅明翊目前正是這樣的現象，它苦苦哀求著。

「你可以去『鬼市』。『鬼市』歸屬於冥界的一部分，能為你主持公道。」

「我目前這樣，該怎麼去？」興起一股希冀之光的羅明翊，大眼閃出青綠黯芒。

唐東玄反問：「你怎麼找到我這裡？」

「我四處飄盪，碰到一縷女魂，她指引我過來。」

「她怎麼沒有指引你去『鬼市』？」

「這我不知道，我聽她說另有要事，就飄走了。」

羅明翊緊望向唐東玄，唐東玄沉吟著，一會後才開口：

「你現在被『繫魂繩』困住，又被封印住，別說『鬼市』，哪裡都不能去。今天，你可以來到我這裡，可見已拚盡了所有心力。」

這一席話說中了羅明翊心中的苦，它再次血淚迸流。看它這樣，唐東玄道：「你聽清楚了，就算我想送你去『鬼市』也無能爲力，因爲你依然被封印住，我可以暫時解開束縛你的『繫魂繩』，讓你可以開口，但只能在範圍之內隨意行動，卻無法持久。之後，就看你自己的造化，好嗎？」

只能先這樣了，羅明翊感激不已地點頭稱謝。

半夜，大廈頂樓，一縷長裙隨夜風擺盪……

這個地方、這個時間點，眞正恰到好處，她憂鬱的容顏，被夜風襲得失去了血色。

她已杵了好久，不過她不急，在離開這個世界之前，回憶一下意氣風發的過往，總可以吧？

多年前她是嬌嬌女，之前曾是總裁，而今呢？甭提了。

既然不提了，就趕快跳下去啊。

她眼眸往下望，那漆黑一片的大地，就是她的絕命處。

嗯？右前方爲何有一團如煙似霧的……太遠了，好似微青白色長方形，隨著夜風吹拂，一掀、一翻。

她唇角微微牽動，絕命處出現了陪伴的物事也好，算來不寂寞。但不管是什麼，都無法阻擋她的意念。抬起眼，深藍的夜空好璀璨，輕輕吸口氣，她的頭先往下，整個身軀接著向下飛墜……

「滴鈴鈴……」清脆鈴聲，把江妍喚醒了。

江妍微瞇著眼眸轉了一圈。呃，怎麼是熟悉的事物？窗簾、精巧的梳妝鏡、衣櫥、屏風……？

江妍倏然跳下床，拉開床頭窗簾，刺目陽光射進來，她忙拉緊窗簾，頓了一頓，奔向屏風。果不其然，屏風後面是浴廁，頂上掛著的衣裳，也是她自己穿過的！

昨晚的記憶猶新，她明明跑去了大廈頂樓，縱身一跳……難不成，到了陰間，依舊住在陽間的房子、一切都跟生前一樣？

不，鬼怕太陽，不是嗎？

江妍奔向小客廳，跨出陽台，熱辣的太陽曬得她頭都發昏了，使她連忙退回小客廳。已經掛斷了的電話鈴聲再次響起。她眼眸巡視一下，鈴聲來源不是電話，是手機！

陽間的電話，可以通陰間嗎？除非自己沒死！

不，不可能，腦袋很清楚，昨晚半夜，她明明從頂樓跳了下去……

心驚膽顫加上手抖，她在沙發一旁拿起手機，按下開鍵。

「總裁早安。這麼早吵醒您，抱歉。」

江妍定了定心，明知道對方是誰，她仍不敢確定，小聲地問：「妳，是……？」

「呵呵，我就知道，撥手機肯定找得到您，喂喂……聽得到嗎？我是潘秀珍。」

江妍不說話，對方又傳來聲音：

「總裁，您那邊是晚上吧？有吵到您睡覺嗎？」

「呃，沒有。」

她想起來了。因爲疫情波及公司業績而無法再經營下去，公司結束後，律師清算所有的資產、動產、不動產，還清所有債務。她解散全部員工，而當時身爲祕書的潘秀珍紅著眼眶，一直追問她的去向，心煩意躁之下，她胡謅了自己可能會去美國。

所以這時候，潘秀珍以爲她人在美國。

「我……怎麼？什麼事？」江妍很快恢復了平常的幹練，走進臥室，一手掩住聽筒，免得露餡。

潘秀珍說昨天接到保險公司業務員的電話，表示保險費已經批下來，詢問要存進銀行帳號還是要去保險公司領取，如果要去領，對方會先寄一張通知單。

默默聽完，江妍想了一下，要潘秀珍請保險公司直接匯入自己的個人帳戶。

講完電話，她放下手機，對著滿室安謐，失意與孤零感由四面八方襲來，江妍又興起了不想活的意念。

跳樓不成，再換個方式。

如果不離開這個讓她失意的世界，每天仍須面對事業破產又孤獨無依的自己，她知道日子很難熬下去。

喝下一杯冷水，她找到一根長繩，掛在臥房門框，垂下後套個圈，把頭伸進去，踢掉腳下的椅子，接著脖子一緊，緊到無法呼吸，然後渾身有如卸下重擔般，昏厥了。

不知過了多久，張開眼眸，暮色天光，充斥滿室。她轉眸，乍地跳起身，一個踉蹌，差點摔跤，站定聚焦一看，她就站在臥房門框底下……

抬眼上望，異常清晰的記憶中，那一條掛在門框上的繩子不見了？

她在室內地毯式搜索一圈，才看見繩子放在客廳倚牆的沙發下。她拿起來，檢視著繩子，套住脖子的圈圈還在，繩子完好如初，沒有斷裂跡象。

這個，是怎麼回事？

江妍緩慢地稍稍整頓自己，換了件衣服，鎖上房門，走了出去。

昨晚加上今早的事件透露著濃濃詭異，她想不透，是自己命不該絕嗎？不，不可能，若是命不該絕，難道繩子長腳，自己會跑？

如果有人要救她，應該把繩子割斷、破壞才對。問題是，誰要救她？況且，這裡是她的私人住家，除了她，並沒有其他人呀！

她尋死的念頭和舉動，只有她自己清楚，連潘秀珍都不知道，公司所有的員工也早都解散，沒有聯絡了。

還是她自己在痛苦中放棄自殺，把自己救回來？呵！這個想法更荒謬！

天色整個暗了下來，她魂不附身地走到一間麵店，隨便點一碗麵，勉強吞下半碗，就放下筷子。

接著她在街道上漫無目的地走……車水馬龍，霓虹燈閃爍、行人如織，在在充滿生機，但全都與她無關。

轉眼，看到騎樓下一間化工店家，引她靈機一動。

她知道店家不可能隨便賣那些致死的毒物，於是她找到一間咖啡店，落座在僻靜角落，以手機撥給熟識的王醫師。王醫師是她在公司員工健康檢查時認識的。

談了好一會，掛斷話線，她端起咖啡，呷了一口，面無表情地等待。

將近三十分鐘後，一位外送員匆匆踏進咖啡店，四下轉頭張望。江妍舉手，外送員走過來，禮貌地問：「請問是江妍？江小姐？」

江妍神態優雅頷首，接過外送員的小包，外送員道謝後轉身離開。

掂了掂小包，江妍小心地放進皮包內，喝光咖啡、結完帳，直接回到大廈住家。

這會兒，萬無一失了吧。她一顆心平實無波，隨意抬眼瀏覽著，瞄到電梯角落的鏡子，卻赫然發現，身後似乎有個人……

她微微一怔，記得很清楚，剛剛只有她一個人搭電梯，再無別人了呀。收回視線，電梯快到她的住家十一樓，開門之前，她不經意左右掃了一眼，都沒人。她又抬眼望向頂角的鏡子，只有她一個而已。

唇角遷出一抹淡然笑紋，確定是自己看錯了，跨出電梯，她安穩走到大門前，掏出鑰匙，打開門的剎那間，並未注意到一抹微細影子，一閃而沒。

她按下開關，燈光乍然大亮，還是一樣老舊的擺設、一樣的沉凝氛圍。她很清楚自己一心赴死，腦袋、意識都變得不實際了，尤其是經過跳樓、上吊之後，她感到自己的思緒更恍惚。

脫下外出服，她換過家常衣著，由臥室轉到客廳，踏出陽台，凝望著腳底下萬家燈火，景觀還是一樣搶眼奪目，但她知道這是最後一眼了。

奇怪，昨晚半夜登上頂樓，爲何沒這麼多心緒？

縱使景觀還是一樣驚艷，可是，她自信死志依舊，不曾改變。

回到客廳，她倒了杯水，掂起那個小包，打開來，一股濃烈苦杏仁味忽地冒上來。她仔細看一眼，原來所謂氰化物，竟是這種怪味道。一仰頭，她和著開水吞了下去……

唔～～

頭痛欲裂中，她瞇著眼，模糊中，江妍驀地看到一個人坐在旁邊，令她驚慌不輕，惶然支起身軀，發現自己躺在沙發上。這時那人拿著杯子，遞給她，她接過來，一口喝光。

江妍環視周遭，沒錯，還是在自己家中的客廳。投眼看到茶几上那小包，記憶逐漸回來了，但是小包卻很完整，像是不曾被拆開的樣子，這個就不對勁了。

她轉向這個人，「你是誰？」

「羅明翊。」

江妍思路漸漸清朗起來，她一下子跳離沙發，皺緊一雙彎月眉，「你怎麼會在我家裡？」

說完，江妍快步出了房間，走到大門檢查，大門關得好好的、門鎖也沒破壞，牆上壁鐘指著凌晨一點。

羅明翊站起身轉向江妍，攤開雙手，「若不是我，妳那條小命，早就報廢了。」

江妍雙腮倏地紅透，最討厭心事被人揭開，尤其是這樣當著她的面。她怒斥：「我是問你，怎會在我家？你怎麼進來的？是小偷？還是竊賊、強盜？」

「哪來這些罪名啦？都不是。」說著，羅明翊向江妍走過來。

江妍發現他足足高她一個頭，可能有一米八左右，臉龐英挺而帥氣，要說有缺點，就是他的臉容帶著青灰色，大眼黯淡無光。

「站住。不然，我要按警鈴了。」喊著的同時，江妍挪到大門側邊，蹲下身，指尖停在警鈴按鈕上方大約幾公分左右。

羅明翊停步、淡笑，未料他的笑容還挺迷人的，令江妍呆了一呆。

「好呀，妳按，我會告訴管理員，我是妳的鄰居，因為妳想自殺，我不顧一切救了妳，所以出現在妳家裡。」

觸及江妍的私密事，她決定收手起身，輕蹙黛眉，思索一下，指著屋子左、右兩邊。

「鄰居？你住哪邊？」

「這個不重要，如果不是鄰居，怎能親眼看到妳跳樓？還——」

「夠了！不要再說了。」江妍喝叱。

「可以。想堵我的嘴，麻煩先去弄個吃的，我肚子餓了。」

「你……膽子不小，還不快點給我滾出去！」

羅明翊點頭，抬腳走向大門，一面開口：「沒問題，我這就下樓去告訴管理員，我們這棟樓有人要輕生，請他趕快報警——」

江妍乍地恢復了總裁的霸氣，她橫跨數步，伸手攔在大門前，紅通通的俏臉充滿憤怒地說：

「你到底要管多少閒事？我要報警說你擅闖民宅，意圖——」

羅明翊忽爾笑了，接著搖頭說：

「意圖不軌嗎？喔！這個罪名，我擔不起。只要妳現在弄個吃的，我就乖乖走人，何必搞得這麼緊張又麻煩？」

說著，羅明翊黯淡無光的大眼，對上了江妍，江妍的思路瞬間停滯，整個人被一股深淵的漩渦淹沒，無法自主。

不，唯一有感覺的，是肚子傳來了飢餓感……半晌後，她才點點頭，轉進了小廚房。

次日，江妍發現自己睡在臥室床舖上，眨閃著眼睛，思緒翻轉不停……過了好久，一個名字突兀的跳入腦海中——羅明翊。

她立刻衝出臥室，在屋內轉了一大圈，大門完好、一切如常，卻杳無人跡。她看到客廳小几上有一只小碟、一杯馬克杯，裡面有殘餘的咖啡漬，如果沒記錯，原本應該是兩只小碟、兩個杯子。

她把杯、碟收進小廚房洗水槽，開始發呆。

家裡都沒變，難道變的是自己的腦袋？櫥櫃裡的杯碟不缺，但她記得泡了兩杯咖啡、做了兩碟夾果醬的土司。除非……對，除非羅明翊自己清洗了杯碟，又回復原位，然後離開了。

江妍用力點頭，加強自己這樣的想法。一整天，她都思緒紊亂，覺得有些事情對，有些事情似乎又不對，可又想不出哪裡不對勁。

中午她吃了一碗泡麵，又喝了杯咖啡，怪的是，她的腦海中不斷浮起：

羅明翊、羅明翊……

突然靈光一閃，她連忙下樓，到櫃檯找管理人員詢問。

管理員不知道這個人，熱心地幫忙找住戶資料，結果沒有下文，不過他說也許是本大樓住戶的親戚朋友或是短期租客之類的，並答應幫忙問問看。

整個下午，江妍都在發懵，有個風吹草動便立刻跑出臥室，把整個家巡視一遍，卻沒有任何蛛絲馬跡。

她回想昨晚到底發生什麼事、都說了些什麼話，只可惜回憶都零零碎碎，沒辦法完整記得清楚。

直到天色暗了，她才倦怠地昏沉入睡。不知睡了多久，迷糊中，客廳傳來聲響，她張眼傾聽一會，下床輕巧探出客廳……嚇！一個人坐在客廳沙發上，她倒抽口冷氣，回到床邊，趿著拖鞋，套上睡袍，走出客廳。

他，赫然又是羅明翊。

江妍正待興師問罪，羅明翊脖子僵硬地側轉著頭說：

「怎麼，一天不見，妳就那麼想我？特地跑去問大樓管理員呀？」

「呸呸呸，誰想你了？我只是很好奇，你到底住哪裡？為什麼一直平白無故出現？你這行為，非偷即盜。」江妍咄咄逼視著他。

他英挺臉容依然一片青灰色，那黯淡無光的大眼中蘊藏深廣的漩渦，再次把江妍淹沒了……

「鄭重聲明，我絕對不是壞人，只想拜託妳幫我個忙。」

江妍有瞬間的迷茫，卻不自覺點著頭，只聽他低沉聲音又起：

「妳不必費心調查，絕對查不到。我只想請妳幫忙，懂嗎？」

江妍點頭。他近似催眠好聽的聲音絮絮道出一堆話語，但是江妍除了點頭，完全沒聽清楚他說些什麼……

一連幾天，羅明翊都在上半夜一點整出現，然後長長說了一堆話；清晨，江妍會莫名其妙地醒過來，迷茫的腦袋，使她昏昏欲睡，沒有眞實感。

幾天後，江妍感到自己身心俱疲，才醒悟到不對勁。準備自殺的重要事件，已被她丟在腦後。她意識到是該振作了，不能再這樣迷糊下去。她想到了個辦法，出門去買了一組監視器，安裝妥當，才離開家，刻意找旅館住了兩天。

兩天後再回到家，恍如隔世，江妍有脫胎換骨之感。首先，她已完全放棄自殺念頭；再來，她非常好奇，十分想挖出羅明翊底細，以防受到任何損失，例如被詐騙啦，家中財務失竊……等等。

但截至目前爲止，似乎都不是。

監視器共有兩天存量，她裝進電視機，開始放帶子。

第一天，午夜一點多，客廳靠牆的沙發突然冒出煙霧，令江妍大吃一驚，以爲是火災，接著煙霧凝聚成形，逐漸清晰……哇呀！赫然就是羅明翊，他在客廳、臥房進進出出，應該是找不到江妍。他甩著頭，握緊雙拳，張大了嘴巴，一副憤怒的樣貌。

江妍一顆心怦然跳躍不停，怪不得找不到他住哪；怪不得管理員不知道這個人；怪不得他來去無蹤……

他浮到半空中，轉個圈，身軀化成煙霧，遁入沙發後面的牆壁裡，這時的監視器畫面，顯示午夜二點多。

江妍驚嚇得不可名狀，太可怕了。暫時關機，她倒杯冰水，給自己壓驚。

鎖定了一會，她走到靠牆的沙發檢視著，看不出什麼，想了想，她拖出沙發——赫然發現，靠牆角落，靜靜躺著一個圓形紙筒。那是什麼？她小心翼翼拿出紙筒打開，原來是個卷軸，她又踢、又敲、又甩，都沒事。

卷軸不可能藏人，所以她把它給攤開來，嗯？是一幅山水畫。

想了好久，她終於記起來：有一年，她宴請客戶參加公司餐會時，這是一位魏姓客戶送給公司的禮物。她覺得這幅山水畫意境清新，放在公司沒地方擺，才順手帶回來，隨意放在家裡，又因忙於公事，過了段時間，就完全忘記它了。爲什麼會滾入沙發底下？她完全不知道。

既然卷軸無法藏人，羅明翊又怎麼會從裡面冒出來？江妍搖搖頭，繼續監看第二天的帶子。

午夜一點，羅明翊又從沙發後面冒出來，跟前一晚一樣，他進出客廳、臥房、廚房、廁所，連陽台也不放過，最終，他頹喪地掩臉，凌空浮坐在沙發上。過了好久，他放下手、起身，這一瞬間，江妍驚嚇地慘嗥一長聲，整個人往後仰倒在椅背上。

他突然變得形貌猥鄙，不見眉毛、頭髮，光禿頭頂下，兩眼睜突，開裂大嘴裡吐出一根長舌，左右、上下甩繞不停，天呀！那樣子，讓江妍無法把之前見到帥氣十足的羅明翊聯想到一起。

原本是個帥勁、英挺的男人，怎麼會變成這副猙獰模樣？

江妍雙手緊扣住喉嚨，感到自己心臟急促跳動不已，忽然一再、一再地回想，幾次自殺不果，難道都是它在阻饒？

記得由頂樓往下跳時，曾看到一團煙霧似的微青白色長方形物事……轉眸看著攤開的卷軸，唔，好像就是這個卷軸，細細回想，當下瞬間，它不像是眞實物件，宛若虛幻地飄浮著……

所以羅明翊……跟這卷軸有關係？

忽然耳朵響起：只想拜託妳幫我個忙，只想請妳幫忙……

江妍拿起卷軸從頭到尾細細端詳，連落款名字也不放過，接著翻過背面，這一面是空白，她的手輕輕撫過，什麼都沒有。

接著她又翻回來，就在卷軸呈三十度的瞬間，她看到驚人景象，嚇得放開手，卷軸掉落在茶几上！她靜止片刻，不敢動彈，一會過後，才向前傾身。卷軸一切平靜，雖然已將近黃昏，氣溫也有二十七度，可是江妍卻渾身冒起冷汗。

過了好久，都無動靜，卷軸背面朝上。江妍拉著卷軸下角，緩緩掀起，當卷軸成三十度時，她又看到了！

看似空白的背面，在三十度斜角，可以看到一道人形，江妍仔細凝望，嚇！眞的是它……羅明翊！

盯望許久，江妍看到人形在動，它……羅明翊轉頭，對上了江妍的雙眼，衝江妍一笑。

「哇——」尖叫一聲，江妍鬆了手，整個人往後仰倒在沙發上。

她緊扼著自己喉嚨，就怕會再度發出難聽至極的嗥吼聲，思緒一面轉動起來：快！快丟掉這個卷軸。

想到做到的江妍伸手拿卷軸——手還在顫抖呢，就在她指尖將碰觸到卷軸時，身後傳來低沉聲音：

「妳答應要幫我忙，怎麼，這麼快就翻臉？要把我丟了？」

「哇，呀，喔……」

冷不防被嚇到，江妍怪聲怪叫著，跳起半天高，摔跌到左邊的沙發。

「抱歉，嚇到妳了。」羅明翊上前，作勢要拉江妍。

江妍猛地縮著身軀，貼緊著沙發打顫。看她這樣，羅明翊立刻退到遠遠另一邊，落座下來，英挺臉容依然是青灰色，口吻卻冷峻：

「妳怕什麼？我傷害過妳嗎？妳死過數次，都是我把妳救回來。怪妳自己沒事找麻煩想探聽我？我說過，不必費心調查，絕對查不到。」

「誰說的？我已經查出你的一切。」儘管心裡害怕，江妍的倔脾氣讓她不肯認輸。

羅明翊黑得深邃、黯淡無光的大眼，凝聚著視線，「是嗎？妳說說看呀。」

猛吸口氣，江妍指著小几上卷軸，指尖還在顫抖。

「你，你住在那……那裡面。你不是人，是……卷軸鬼。」

羅明翊垂下眼瞼，臉上的青灰轉深，變成淡綠，它嘆了口氣。

「卷軸鬼，我居然淪落成卷軸鬼……我為什麼會住在那裡？誰會願意住在那裡？這就是為什麼，我要拜託妳幫我個忙。」

此時黃昏褪盡，夜幕垂掛下來，整個客廳漸漸黯黑，而他淡綠臉色亦逐漸轉成深綠、墨綠，使江妍更添駭異。她想去打開電燈，又不敢亂動。

「所以，這是你救我的目的？」江妍聲量放得低低的。

羅明翊搖頭，這動作讓江妍想起錄影帶內看到他甩舌頭的超恐怖樣貌。

「妳不知道，死了有多痛苦，我很清楚。但我是不得已。妳活得好好的，我眞的不忍心妳落到跟我一樣的下場。」

「謝謝你唷。」江妍撇撇嘴，「可是，很抱歉，我沒有能力，沒辦法幫你。」

「妳有，我知道妳一定可以幫我……」

「不要再說了，你再說，我就把卷軸拿到陽台上放把火給燒了，你信不信我會這樣做？」

羅明翊臉孔由墨綠轉淡成青灰，同時也回復之前的俊朗模樣，它不再像剛剛嘴硬，而是帶著三分乞求。

「我耗費了多時，找過許多人，可是，頻率都對不上，唯獨妳看得到我。我相信妳一定可以，只要妳肯幫我忙，我會很感激。」

不管他怎麼乞求，江妍還是無法除掉心中的恐懼，畢竟人鬼殊途。她的口氣一樣決絕，毫無轉圜餘地，同時下逐客令，請他趕快離開她家。

「嘟……嘟……」

手機聲響把睡夢中的江妍吵醒過來，她瞇著漂亮眼眸，轉個身，陷入渾沌中呆了一會，才醒悟過來，發現自己一樣還是在自家套房內。

自從嚴詞拒絕羅明翊之後，這幾天，他沒再出現，據她估計，他應該離開了。

唉唷，討厭的電話聲，到底是誰？響了太久，對方掛斷了，一會後，手機再次響起。

江妍收起思緒，看著來電顯示。

「哦！總裁，我以爲您在睡覺。」又是以前公司的祕書，潘秀珍。

「嗯，剛睡醒。」公司結束了，江妍無意再跟過去連上線，放淡了口吻。

「抱歉，吵到您了。因爲我有重要大事找您，想跟您談談。」

「唉！公司已結束，沒什麼好談的。我早告訴過妳，別爲已歇業的公司浪費妳的時間，趕快去找妳的下一站。」

「不不，總裁，您也知道，我不是個囉嗦的人，若是小事情，我哪敢驚動您，現在呢，眞的遇到非常重大——」

江妍冷哼一聲，截口說：「好吧。我已經回台灣了，等妳回台灣來再說。」

「總裁，就爲了這件事，我專程回到台灣來了，就是想跟您談談。」

之前潘秀珍把江妍的保險費存進江妍的銀行帳號後，撥電話跟江妍確認帳戶中保險費的金額，同時向江妍照會，說她要去美國。

沉思了一會，江妍不得已說：「好吧，妳約個時間……」

「我正在您家樓下，櫃檯人員不放行，恐怕要總裁下令，才會讓我進去。」

江妍整個人頓時清醒過來，有種措手不及之感。在公司相處久了，江妍知道潘秀珍能力不在自己之下，做事果決、明斷。既然她都來了，少不得要應對一番。就在這時，一樓櫃檯傳來內線電話，她只好應允了。

想不到，潘秀珍居然準備齊全，連早餐都買好，帶了上來。江妍心裡暗嘆一聲：她眞的幹勁十足，不像自己，癱軟得無可救藥。

潘秀珍曾來過江妍住處，一進來，便熟門熟路地放下早餐，向江妍道：

「總裁，請您坐好就行，我去張羅杯盤、刀叉。感謝您讓我服務喔。」

「噯，別口口聲聲總裁、總裁的叫，我又不是沒有名字。」身著睡袍、坐在沙發上的江妍，十指往後攏著鬈曲長髮。

「不行，這是我的原則。」丟下這句，潘秀珍轉入廚房。

廚房位置還是一樣，潘秀珍先在水槽洗個手，擦乾手，轉身看到精緻的咖啡杯已經放在流理台上了，愣地眨眨眼，皺著「一字形」的濃眉，心想：不愧是總裁，竟然比我早一步準備好。呵，呵，看來，今天的事，可以搞定了。

想到此，潘秀珍露出淡笑，她抬起手，想打開櫃子，櫃子卻忽然自動打開了，然後在她眼皮子底下，兩隻叉子、兩隻刀子就這樣飛出櫃子，整齊擺放在流理台上！

潘秀珍目瞪口呆，足足僵立了五分鐘之久，直到江妍出聲喊她，她才醒悟地回應一聲。她伸手在櫃子上下、左右揮了揮，又在刀叉上面一陣揮舞……沒有阻礙物、沒有異狀呀？怎麼回事？

潘秀珍暫時把疑團藏放在心中，很快整頓好早餐，端送出來。

「喔？都是我愛吃的。難得妳這麼有心，還記得我的喜好。」江妍一面咀嚼，一面說著，端起咖啡杯，呷了一口。

潘秀珍被剛剛廚房的事嚇到，默默吃著早餐，之後言談中繞著圈子，旁敲側擊地問了些奇怪的問題，卻都沒得到眞正的解答。

「欸，妳怎麼啦？淨問些奇怪的事情，我家跟以前一樣呀，沒有什麼改變，也沒有添什麼奇怪物品。妳乾脆直接說了吧，到底什麼事？」

「呃，沒有，我隨便問的。」潘秀珍轉開話題。

吃完早餐，江妍以爲潘秀珍會跟以往一樣搶著收拾殘桌，結果，潘秀珍話題一轉，講到這次她急匆匆趕回台灣的緣由。

原來前一陣子，有一位魏信宇先生去了美國，跟一位美籍台裔人士合作拓展電子零件公司，而台灣市場也在考慮之內，不過負責台灣的人選必須能力強又可靠。

考慮了很久，魏信宇想到了江妍，但他想盡方法，就是聯絡不到江妍，後來打聽出潘秀珍也在美國，就特別去找她談。潘秀珍聽了當然很高興，魏信宇跟潘秀珍說事情迫在眉睫，不要打越洋電話，最好直接回台灣找江妍。

聽罷，江妍沉吟良久，之前她的心情盪到谷底，就是刻意想把自己隱藏緊密，讓任何人都找不到她。

偏偏只有潘秀珍知道她的手機。潘秀珍極力遊說江妍，非常希望能有機會再跟總裁共事。

江妍不置可否，反問道：

「魏信宇是誰？這名字我有點熟悉，但想不起跟我們公司有什麼關聯。」

潘秀珍笑了，提起這個人，顯然興致非常高昂。

「魏信宇大約五十多歲，是一位為人穩重、剛正的貿易商。有一次，他的公司要出一批貨去中東，可是以前沒有跟中東往來過，於是就委託我們，以我們公司名義辦理出口。」

江妍攏聚起秀眉。

「也難怪總裁不記得他，這件事是我處理的。後來有一年，我們公司舉辦了餐會，許多有來往的客戶都來捧場，魏信宇也來了，不過他只逗留不到半個小時就離開。」

「嗯嗯。」記憶一點、一滴地流進江妍腦海裡。

接著潘秀珍說，魏信宇送過一幅掛軸給她就匆匆離開，潘秀珍把掛軸呈給江妍，但公司沒處掛，總裁就把掛軸——

「帶回我家來。」想起來了，江妍突兀地接口。

潘秀珍高興地拍拍手，「對對對，總裁想起來了吧。」

江妍點頭，「當時跟魏先生洽辦的事宜都是妳一手包辦、處理，難怪我不清楚，只隱約記得……他姓魏。」

「嘿，總裁，那妳是答應了？願意跟他們合作，負責台灣區？」潘秀珍笑開了，「齁……太好了，我們可以繼續共事。我一定要當總裁的副手。拜託您。」

江妍舒了一口氣，「急事緩辦，妳先別急。回去後，妳跟魏信宇聯絡，約個時間見面再談。」

「是！遵命。」

看得出來潘秀珍非常高興，只是辭別時，走到大門處，她朝廚房多看了幾眼，江妍不自覺地跟著她的視線，也瞄了瞄廚房。

送走潘秀珍，江妍收拾著桌子，把殘杯、刀叉拿進廚房清洗，再把清洗過的刀叉、杯子放在流理台，讓水滴乾淨，然後清潔起自己的手。

忽然眼角餘光，她看到刀叉、杯子竟凌空飛起。她轉頭愣怔地看著櫃門自動打開，杯子、刀叉飛進櫃子內……

就在櫃門快關上時，她醒悟過來，急急拉住櫃門，將刀叉、杯子拿出來，因爲清洗物品都要先烘乾，才能收進櫃子內。

在此同時，她腦海中思緒飛旋起來：難怪剛才潘秀珍問了許多奇怪的問題；難怪她不想收拾殘桌；還有，難怪她離開時，特意看了廚房……

這怎麼回事？

這時被放在流理台上的刀叉又凌空飛起，江妍快速拉住刀叉，一手在身邊附近舞動著，卻未碰觸到什麼。

下一秒，杯子凌空欲飛，江妍迅快轉身，接住杯子，另外握住刀叉的手，直接朝流理台正前方，奮力戳刺幾下。

江妍沒看到什麼，卻感覺有一股風，由流理台往後飄旋。她很聰明，馬上把刀叉往後戳刺過去。

旋風又颳起，飄向另個方向……緊接著一道人影出現了，低沉音色同時響起：「哇！沒想到妳這麼凶狠！」

江妍放下杯子、刀叉，轉向羅明翊，怒道：

「你不是很早就離開了？爲什麼要作弄潘秀珍？」

「我想幫忙呀。」羅明翊英挺臉上露出無辜樣。

「你驚擾了我的客人知不知道？」江妍怒氣稍歇。

「我不是故意驚擾她，除了想幫忙，我還想試探她能不能看到我。」

「我也看不到你，是你現身了我才看得到。」

羅明翊搖頭，臉孔依然青灰色，眼睛黯淡無光。

「我剛剛試圖現身，可是那位潘小姐完全無視於我的存在，眞的！我可以發誓。」

江妍不理他，逕自走向客廳，落座到沙發上。羅明翊跟著飄飛出來，離沙發約兩吋高左右浮坐著，繼續開口：

「江小姐，江總裁，妳怎可以這樣對待妳的救命恩人？」

「住口！不要再提這件事！」

「呃！是、是。不提，不提。」頓了頓，羅明翊壓低聲量，「我只想提醒妳，能幫忙我的，只有妳了。」

「我說過，我沒辦法，我做不到！」

「我會告訴妳，只要照我說的去做——」

「我不要，與鬼同住，已經讓我很不自在，我更不想跟鬼繼續打交道。」

江妍衝口而出，又別過頭去，但是瞬間心裡浮起悔咎。過了好一會，羅明翊徐徐開口：

「我明白妳的困境，沒人會願意跟鬼同住、同行、跟鬼打交道。妳知道嗎？若我要對妳不利，只要凝攝妳的靈魂之窗，就可以指使妳聽我命令。可是，我不想這樣做。」

江妍心口微微一動，眼角瞟著它，它看來神情哀慼、無奈。同情之心，油然而生，江妍忍不住問：「什麼靈魂之窗？」

「眼睛。請人幫忙，不能用武力，要對方誠心誠意幫忙，這才有用。我猜，很多鬼都不知道這個原理，導致世間人都很怕鬼，不肯跟鬼打交道。但是世間人根本不知道，墜入鬼界的眾鬼很難過、很痛苦。」

江妍不發話，還是靜默著。

「世間人不明白，鬼界也有善良的鬼，只要自己行有餘力，會想幫忙任何人。」

「喔！意思是，你救了我，你是善良的鬼，我不肯幫忙，就是世間上的惡人？」

羅明翊搖頭，「妳又誤解我了。所謂善惡，都只在一念之間而已。不過沒關係。我……會再想其他辦法。」

江妍看著它身軀浮起，直立著，接著從腳底，往上逐漸消失，而且消失得很快，看來，它眞的準備離開。就在它消失到肩膀、頸脖……

「慢著！」

羅明翊轉頭望向江妍，略一猶豫間，江妍急忙又接口：「我有事情問你。」

只見羅明翊緩緩地又恢復原狀，江妍始終盯著它。這會兒，她覺得，其實它看來也沒那麼恐怖了呀！

「妳想伸出援手了嗎？」

「你想太多。」江妍口氣又變得淡漠。

羅明翊再度落座，搖頭道：「都說女人善變，果眞沒錯。」

「你在說什麼？」

「呀，沒有，沒有。」羅明翊有些慌亂地搖手。

看到這可愛的動作，江妍不禁感到好笑，不過她硬是忍住，抿起嘴。

「我問你，你怎麼會在卷軸裡？」

羅明翊搖頭，「我不知道。」

「那，你是怎麼死的？」

一觸及這個敏感問題，羅明翊臉孔乍然變色，灰暗而青厲，緊接著整個形貌都變了，一副青面獠牙樣貌。

「哇～～呀～～嗬嗬嗬──」

在一陣悽慘至極的狂嗥聲中，羅明翊無聲地爆炸了，整個人突然渙散開，消失在空氣中。

這變化在短短不到三秒間發生，江妍不但嚇壞了，也錯愕得呆住了。

突然，電話鈴聲驟然響起！

「哇～～」江妍猛然跳起來，驚吼一聲。

電話鈴持續響著，江妍拍著胸脯，定定神，才接下話機。

「總裁，哇！好在您還在。沒出門呀？」是潘秀珍。

「嗯嗯，正準備換衣服。」江妍把音量控制平緩，只是呼吸仍混濁。

「向您報告，我剛剛聯絡了魏信宇先生，他很高興能得到總裁應允。」

「我沒有答應，我只是說，先見面談談。」

「喔，是、是。」

「那他人在哪？美國嗎？」情緒緩和下來，江妍又恢復了一貫的幹練。

「他正積極籌備台灣分公司的各項事宜，所以已提早回台灣。您也知道，新組的公司，大大小小雜事非常繁瑣，他很忙碌的。」

「他回來了？那，妳跟他約好了？」

「當然，當然。」

魏信宇和潘秀珍、江妍約在台北101ＸＸ大飯店頂樓聚餐，這裡景觀無敵，俯瞰著腳底下的車水馬龍、夜燈燦爛，炫亮迷人。只可惜，他們都沒空欣賞夜景。

爲了慶祝雙方合作愉快，魏信宇特地開了一瓶葡萄酒。

用完晚餐，品著咖啡之際，魏信宇拿出厚厚的公文封，遞給江妍。

「江小姐，有關新公司的各項條文、內容，全都在裡面，請妳帶回去，仔細評估看看。」

江妍頷首，潘秀珍代爲接下。喔！還蠻重的，封口以蠟封住，她轉手給江妍。魏信宇又拿出一封小公文封袋以及兩張名片。

「另外，這封是台灣分公司的詳細資料。兩張名片，一張是分公司的詳細地址、電話、貿易品項。另一張，是我個人的名片，如果有哪裡不清楚，可以隨時跟我聯繫。」

江妍頷首，一旁的潘秀珍臉上掛滿欣喜，只聽魏信宇又接口：

「我在台灣停留兩週後就要飛去美國，跟總公司報備分公司的處理狀況。」

「哇！魏先生，您這麼快就要回美國了？」潘秀珍問。

魏信宇搖著頭，「公司剛成立，雜事一大堆。都怪我沒有及早聯絡到江小姐，否則台灣這邊的分公司託付給妳，我就不必跑這一趟。除了總公司，美國在其他州郡也有幾個據點，很忙。」

江妍只是點著頭，事實上，她腦海中在想著其他事情。

「講眞的，台灣這邊有妳負責，我很放心。」魏信宇笑著，「江小姐的辦事能力，我早已久仰。」

「魏先生太抬舉我了，沒有您說的那麼好。」江妍話鋒一轉：「我想請問您一件事，不知可否？」

「當然，當然可以。」

「不曉得您還記不記得，幾年前我們公司舉辦餐會曾邀請您參加過？」江妍有意放慢語調說。

魏信宇偏著頭，扶一下黑色鏡框，認眞而專注地回想，點了點頭。

「有、有，我記得。我那天在趕行程，只停留了半個小時就倉促離開，很抱歉。」

「不，沒關係，都過這麼多年了。」江妍心中暗喜，他居然還記得。她接著說：「魏先生記得嗎，您曾帶了一幅……山水畫掛軸？」

「掛軸？」魏信宇皺起眉頭想著。

潘秀珍接口說：「魏先生交給我的，您還記得嗎？」

「喔……用一只圓形紙筒裝著？」

「對對對，魏先生果然好記性。呵呵。」魏秀珍笑了。

「我想知道，魏先生這幅卷軸是怎麼來的？」江妍接口又問。

魏信宇跌入沉思，一面回想，一面徐徐接口：

「那天，我原本就有約，回到家五點多，我太太說，有一位潘小姐打電話來，要她轉告我，請我去參加餐會。我告訴太太，貴公司曾幫過我一個大忙。她建議我應該帶一件禮物，所以我有些倉促地帶了它……怎麼了嗎？」

「沒事。」江妍露齒笑著，輕輕掂起咖啡杯喝一口，接著說：「只是好奇而已。那副山水掛軸，意境清幽，不知道是否出自名家？」

潘秀珍在一旁猛點頭，「商界名人魏先生，居然也喜好風雅，讓我很訝異。」

魏信宇開懷笑了。

「喔，不是我，是我太太。她那時跟我說，既然是第一次參加餐會，買水果、禮品太庸俗，應該帶個有品味的禮物。我說臨時到哪找什麼有品味的禮物？她便拿出了這個掛軸。」

江妍兩眼都發亮了，直視著魏信宇，連潘秀珍也瞪大眼。被四隻灼亮眼光盯著，魏信宇馬上解釋，原來他太太李香閒來沒事就喜歡國畫，所以這幅山水畫掛軸是她推薦的。

「喔？所以那幅山水畫，是魏太太手繪的？」江妍接口問。

「不，她只會欣賞，不懂繪畫。」魏信宇笑著回答。

「嗯，那如果有空，我可以請教她嗎？」江妍燦笑如花。

「喔，妳有興趣？當然可以，太好了。江小姐不但是商場女強人，居然還是個才女哪。」

「沒有啦，我也僅止於欣賞而已，魏太太什麼時候才得空？我會不會太冒昧了。」

「她隨時都有空。我回去跟她說一聲，她會很歡迎的。」

一頓晚餐下來，賓主皆歡，最高興的當屬江妍。散會後，江妍招了計程車，迫不及待地趕回家。

亮開客廳的燈，江妍一面丟下公文封、高跟鞋、外套，一面高喊羅明翊的名字，眼神也不得空地尋覓著……卻都沒反應。

剛才那股興奮意念，隨著找不到羅明翊而逐漸冷卻下來，忽然她想到……

四下一找，看到橫臥在沙發上的紙筒，她忙打開紙筒，倒出掛軸捲開來。就著燈光，她將畫軸正面、背面查了一遍不夠，還看了好幾遍，想起上回看到的，她從空白的背面，偏歪著三十度斜角，可以看到它，但是現在……唉！完全空白！

「怎會這樣？它走了嗎？離開了嗎？」江妍喃喃叨唸著。

收起畫軸，整個人癱坐在沙發上，還記得上回問過它怎麼死的？它便瞬間整個人渙散、消失了。難道不能問這個問題嗎？還是她亂問之下，害慘了它？

「呀！啊！如果眞是這樣，那不就是我害死它了？天呀！誰能告訴我？該怎麼辦？」

想到這裡，陣陣悔咎如排山倒海般掩沒了江妍，蔓延了她整個身與心，受不了這種自責，她雙手掩住臉，萎頓在沙發角落暗泣，腦海浮出羅明翊說過的話——請人幫忙，不能用武力，我不想勉強人。

「它哪來的武力？應該是可怕的靈力吧？」

低聲喃唸時，江妍又哭又笑，忽然覺得那人善良得可愛，但卻已經離開了，就算想幫忙，也找不到人了呀……

許是身心俱疲，也或許今晚多喝了幾杯葡萄酒，她不知覺地昏睡了。不知過了多久，一陣輕輕搖晃把江妍搖醒過來，她發現自己被人抱住，但周身好像都是濃濃的寒冽感，可是酒的發酵作用令她不覺得冷，只渾身感覺燥熱，正要開口，忽然她被輕輕放在臥室內的床上，又蓋上一條棉被。

抱她的人退往臥室房外，江妍勉力睜眼望去，倏地掀開棉被，喊道：

「站住！不准走。聽到沒有？」

身影持續往房外飄去，江妍迅速跳下床，追了出去，同時大喊：

「羅明翊！你給我站住，聽到沒有，不准你在我面前消失！哇——」

不勝酒力，加上暈眩，加上心急，江妍整個人向前撲倒。她嬌脆地喊出聲，已經飄出臥室的羅明翊，聽到江妍呼喊聲，動作何其迅捷地折返飄過來，恰巧接住了江妍的嬌軀，而江妍急忙伸長柔荑，緊緊擁住羅明翊。

投入羅明翊懷中雖然感覺寒冽無比，但江妍的心是溫馨的，忍不住低低嗚咽起來。

「唁！妳喝醉了。」羅明翊想推開江妍，她卻不肯放手，他只好哄著她：「妳放手，我去倒杯水給妳喝。嗯！」

「不，我放手，你會消失不見。」江妍低語說。

「我保證絕不會離開。妳放手，我如果消失了，就是小狗。」說著，羅明翊在她眼前，比出狗爬行的手勢，惹得江妍破涕爲笑，終於肯放開手。

兩人轉出臥室，江妍歪坐在沙發上，盯著走入廚房的羅明翊背影。這讓她興起無限遐想……但一轉念，她暗罵自己：我醉了嗎？還是瘋了？喝了羅明翊調製的冰涼蜂蜜醒酒水，江妍整個清醒多了。她雙腮透著紅豔，啐道：「哼！幹嘛怕我抱你？」

「哪是。我怕我身上的陰寒會傷到妳的元氣。現在呢？要不要再來一杯？」

「好。櫥櫃裡有一瓶黑牌的約翰走路，給我一杯加冰塊。」

「嘿！我是說醒酒水，不是酒。妳到底醒了沒有？」

半是認眞、半是開玩笑，江妍扶住額頭，「我頭還暈忽忽哪。」

「好，妳休息。我改天再來。」羅明翊說著，浮飄起身，就要消失。

江妍惶急地說：「好呀，你走，你走，以後我都不管你的事了。」

「所以妳今天有事？要跟我談？」羅明翊壞壞地露齒一笑，他其實早察覺她的心思。

「哼！不公平。」江妍搖頭，「你跟我不一樣，我的心事都被你看穿，而你在想什麼，我都不知道。」

羅明翊不語，這樣的優勢是用生命換來的，他寧可不要。看他沉默不語，江妍謹慎地閉上嘴，就擔心又說錯話，會害他……

「我剛才找不到你，連卷軸也是空的，你去哪裡了？」

「我……去找唐東玄，替我解圍。」

原來被問及「怎麼死的」會引發他生前的記憶，使他承受當初受創傷時的劇痛，很難恢復，除了時間長，也會損耗魂魄，因此他拚著魂飛魄散、鼓起殘餘力道，去找唐東玄求救，同時求他將自己身上的「繫魂繩」、封印都化解掉。

「呀？你身上有這麼多……怪東西？」江妍聽了，酒都醒了，忙上下打量著羅明翊，「結果呢？他幫忙化解了？」

羅明翊搖頭，臉上又是青灰、黯淡神色。江妍看得心中好疼，強勢個性立即表露無遺，「告訴我，他住在哪裡？我去找他！」

羅明翊接著說唐東玄不是不肯幫忙，只因解鈴還須繫鈴人。

「這是什麼……意思？」江妍攏皺起一對黛眉。

「唐先生沒講，我也不知道。我說完了，妳有什麼事要跟我談？」

「呃，我問你，你認不認識一位李香？」

思索一會，羅明翊輕搖頭，江妍接口又問：「魏信宇呢？」

他的濃眉聚攏得更緊，還是搖頭。

「你再想想看，應該認識，只是你忘記了。」

「確實，自從我……變成這樣，很多事情，幾乎都忘記了。」羅明翊無奈地說，英挺的臉更加暗沉。

江妍也很焦急，可是她知道有些事急不來，遂放緩聲音：

「慢慢來，也許哪一天你會想起來。」

「謝妳關心。麻煩妳了。」羅明翊誠懇地說。

江妍含笑地看他，羅明翊看出她累了，催她去休息。

「你呢？你不休息？」江妍想起他剛回來，又忙著弄醒酒水給她喝，應該也累了。

「當然要休息。明天再談吧。」

「等一下，你要去哪休息？」江妍突兀地問。

羅明翊指指沙發上的紙筒，江妍臉頰微赤，搖頭道：

「不行。那裡面太狹窄，不夠舒適，哪能恢復精神。跟我來。」

話一說完，江妍腳步迅速地轉進臥室，站在床畔好一會。一扭頭，發覺羅明翊沒有進來，江妍轉身走出臥室，卻見他呆呆坐在沙發上。

「你怎麼啦？還有心事？」

接到江妍關切眼神，羅明翊一顆心都快融了，但是他知道自己已亡故，根本沒有心，那只是一種感受而已。

他避開江妍的眼光，想了想，轉開話說：

「我……怕妳會受到寒冽之氣，我……要躲遠些。畢竟，妳我殊途。」

「你？」江妍跺腳，口吻咄咄逼人：「我說過我怕什麼寒氣嗎？」

「喔，妳說我是卷軸鬼；說人鬼殊途；還說要放一把火燒掉卷軸；還說妳沒辦法幫我；還說……」

哼！原來他記恨著哪？江妍倒抽口涼氣，俏臉由紅轉白，又由白轉紅，最後變成土褐色，嬌軀不由自主地顫抖著……

多少人想追她、多少人想親近她、多少人想仰她嬌顏，而她向來心高氣傲，哪知道，這會居然……居然被……被一隻鬼刺傷！

心想淌血、淌淚，都不能當著他的面，弱了顏面、滅了威風。

「夠了。不要再說了。」

奮力擊出虛弱一擊，江妍轉身，奔進臥室，重重甩上房門，撲在床上。

羅明翊不知發了多久的呆，他不是不明白江妍，但是呀，又能怎樣？

有人說：死人直。就是亡者思緒沒辦法像生前的完整，只能記得部分，因此之前江妍說過的那些話，以及無法幫他的事，他都牢記在心，直口道出，絕無意傷害江妍，只是說出事實而已。

加上他生前個性善良，寧可自己吃虧，也不願傷及別人，即使對自己有利，他也誓守自己的原則。

他明白自己的處境，莫名身死飄零，不但陷入「繫魂繩」，還被封印在卷軸內，永不得翻身。眼前，他只祈求能脫離這兩項桎梏，超然回歸該去的地方，除此之外，不敢有任何貪念。

想到此，他的血淚汩汩順腮而下，偏偏又放不下江妍。猛吸口氣，他起身飄向臥房，直接穿門而過。

江妍已經乏累得入睡了，嬌俏臉容猶自梨花帶淚，任誰見了都會升起我見猶憐之心。

咬緊牙根，羅明翊把自己的情緒，藏入深深、深深的無底深淵，悄然引退。

安謐的咖啡廳，適合品下午茶、聊聊天。

李香近五十歲了的人，打扮光鮮亮麗，加上有一股雍容華貴氣質，看來像四十左右。

江妍跟李香聊咖啡、聊日常，愜意又順心。

平常魏信宇忙於公司大小事，家裡請了傭人打掃、煮三餐，李香並不管事，只忙於逛街、血拚、跟姊妹淘聚會，爲了打發無聊，才不時參加藝文展覽、繪畫才藝班。

江妍談起公司種種以及緊急事件，還有惹出許多趣事、尷尬狀況，讓李香聽得津津有味，優雅地直稱讚江妍能幹，笑得好開心。

談話告一段，李香望著江妍旁邊椅子上有一個長紙筒，好奇地問：

「哦？小妍，妳那卷是什麼？」

「一幅山水畫，不知道出自誰的手法。我聽魏先生說，魏夫人對這個很有研究，想請妳鑑定看看是哪位名家畫作。」

「呵呵……沒有啦，我純粹以外行人的眼光欣賞畫作。」

「魏太太太客氣了。」

說著，江妍打開蓋子，抽出紙筒內的掛軸，小心攤開……入目之下，李香整張臉瞬間大驚失色！

「耶？妳不舒服嗎？」江妍忙將掛軸隨便捲起，小心地望住李香。

「沒……沒事。」李香端起咖啡杯的手在顫抖，另一手則握得死緊。

江妍也端起咖啡，呷了一口，心中正慶幸，果然問對人了！

「告訴我，妳這幅山水畫哪來的？」

「幾年前，魏先生送給我們公司的。因為公司沒地方擺，我就帶回家收藏。」

「喔……原來他那次參加的公司餐會，就是妳的公司？」

江妍用力點頭，極力稱讚山水畫，筆調清雅不俗。

李香截口道：

「今天約我來，是有目的的，對不對？」

江妍搖頭，露出甜美笑容。

「魏夫人好厲害，我打算帶這幅畫作去裱框，卻聽魏先生說，魏太太善於此道，所以想請問，要裱什麼樣的框才適宜，這個我眞的不懂耶。」

「喔。」李香輕輕點頭，試探地問：「妳家裡一直掛著它，有沒有發現什麼怪現象？」

「唔……沒有耶。之前，我常爲了公司的事憂煩失眠，後來把它掛上客廳牆上，反而很好睡。」

「哦？眞的？」

「對呀，所以我想把它裱框起來。」

李香神色疑惑地偏歪著頭，深思地說：「看來，好東西……果然要讓有福的人擁有。」

江妍笑了，「怎麼這樣說？魏太太才是有福氣的人呢。」

李香搖頭，看一眼擺在桌上的山水畫，放低聲音：

「那……那個，妳都沒看到畫作……詭異的狀況？」

江妍思緒轉了一大圈，故作神祕、反試探地回覆：

「嗯……有一次，我是看到它冒出煙霧，然後什麼事都沒有發生。後來它一直很乖，再沒出過狀況。說眞的，我很感謝贈我這幅畫作的魏先生呢。」

李香聚精會神點頭，便陷入沉默不語。江妍再度展開畫軸，拉著它上方的吊掛繩，另一隻手撫摩著吊掛繩沉默。

「喏！繩子上，這個地方，有個像瘀青的斑痕。我仔細看過，斑痕呈赭紅色。我想請問魏太太，這是血液凝結的嗎？」

李香閉上眼，搖頭說：「我不知道，也沒注意過。」

「是喔？欸，魏太太，妳到哪買到這幅畫的？」江妍輕輕摸著掛繩上的斑痕，一副輕鬆、閒談狀態。

不知是江妍話術太好或是李香少接觸外界，她並未覺察到江妍處心積慮的心思。只聽江妍爽朗地又接口：

「可以的話，我很想多買幾幅這種畫作。因爲我向來不信邪，如果事物越奇怪，我越有興趣，讓妳見笑了，呵呵呵……」

凝神許久，李香坦然地看著江妍。

「說眞的，擁有這幅畫作時，我遇到許多不可思議的可怕事件，都不敢向旁人講，連我老公也不知道……」

「啊？太好了，趕快告訴我，我喜歡聽。」江妍露出驚喜表情，催促李香說下去。

當時得到這幅畫作，李香把它掛在書房牆壁上。有一天晚上，她半夜尿急想如廁，經過書房時，意外看到書房門底下透著微弱、黯淡青芒她感到很奇怪，兒女都各自成家，屋內只有她跟老公住，晚上睡覺時，書房的門都是關上的。

半夜三更，有誰會待在書房？以前從沒看過書房有這種黯青光芒呀！

李香忘記要如廁，她握住門把，輕輕扭轉、打開門……

嚇！書桌前坐了個人！這個角度望過去，只能看到這個人的側面，李香看得一清二楚，這個人很眼熟！

原來是她老公魏信宇！

但想想不對，剛才老公明明就睡在床的另一邊，怎可能一下子坐在書房書桌前？

李香很想進去看個清楚，但是書房內陰幽的青芒讓她很不舒服。她想了想，輕輕闔上房門，迅速回到主臥房，進去一看，又當場傻眼，睏意一下子全跑光了。

魏信宇四平八穩地躺在床上。

那麼，書房內那人，搞不好是小偷或竊賊？李香找到一根棍子，躡手躡腳再去書房，呃！小偷還在，她用力推開門，揚聲喊：「誰？小偷嗎？」

衝進去後，那個人徐徐轉回頭……李香見了，倒退幾步，近距離之下，只見這個側影像魏信宇的小偷，臉上是枯骨，黑洞雙睛燃著兩小坨火球，張著上下兩排陰森白牙，應該是舌頭，卻有如蛇信般一吞、一吐……

「哇……鬼，鬼，鬼啦……哇——」

李香的淒厲嗥聲快把天花板掀開來，緊接著她眼睜睜看著小偷……不，是鬼，鬼的整個身軀束成一股黑霧，頭朝上，往牆上……應該說，牆上某個東西，把鬼吸進去、消失了。

一會過後，魏信宇聞聲跑進書房，亮開燈，書房光明乍亮，李香親眼目睹，原來是牆上的掛軸，把鬼吸了進去！

然而任憑李香說破嘴，魏信宇就是不相信妻子的話。之後，李香便把掛軸收進紙筒內，放在角落。

後來，書房時常發生詭異事件，就算是白天，也會發生怪事：有時看到煙霧冒出來，李香跑進去後，煙霧消失了；有時經過書房，會聽到書房內傳出低沉、詭誕的咽泣聲。怪的是，偏偏魏信宇在的時候，都沒發生怪事，唯獨李香常會撞上怪事。

「有一次，我撞上一團幻象……像是個男人的模樣，嚇得我馬上把掛軸收進紙筒。」

江妍用力點頭，心中一片瞭然，她興致高昂又繼續追問李香……

終於套出了祕密……江妍把套出李香給的地址，深深、深深地緊記在心。辭別李香，她招了部計程車，很快地，人已站在近郊，一棟豪華別墅前。

她索盡枯腸，想了再想，確定這個地址沒有錯，才長長地按下門鈴。

一名傭人出現，上下打量著她。看到江妍一身淡藍套裝，拱出她不俗的氣質，傭人客氣地問江妍是誰？要找誰？

江妍報出自己名字，說要找艷蓉女士。傭人疑惑地反問：

「江小姐跟夫人事先約定了？」

「沒有。」江妍雅緻地淡笑，「喔，魏太太，李香，妳知道她嗎？」

傭人臉色瞬間開朗，笑著點頭，「知道。知道。」

「欸，是這樣的，魏太太有事，要當面跟艷蓉女士談，但臨時走不開，才讓我過來傳話。」

傭人點頭，連忙打開鐵門，領她進去。

整座羅宅佔地足足有半座山頭，包含一棟幾百坪的三層別墅、可以停五部車以上的停車場、前後左右各矗立著數座大庭園。

室內氣派非凡，有三座客廳，江妍被引進西式客廳落座，僕婦送上飲料後，退了下去。

不久，一名年輕男子出現了。他的身材不高，將近一米七左右，滑溜的小眼睛深沉地打量著江妍，大剌剌落坐在江妍對面，先聲奪人地問：「小姐貴姓？」

「敝姓江，江妍。我要找艷蓉女士，請問她在嗎？」江妍非常確定自己絕不認識他，但他的臉型爲什麼有些眼熟？

「我媽不在。江小姐有什麼事？」

「喔……請問您貴姓？」

年輕男子突兀地笑了，口吻很不客氣。

「妳認識我媽，怎麼不知道我們這裡是羅家？我姓羅，羅耀祖！」

「呀？」江妍心口一跳，滿臉錯愕。但她腦筋轉得快，不疾不徐地解釋：自己受到魏太太李香推薦，來找艷蓉女士。

羅耀祖理解地頷首，口吻客氣多了。

「原來如此。我媽出去了，回來時間不確定。江小姐又沒有事先約定，不然妳跟我說，我可以幫忙轉告。」

江妍思緒飛轉，該怎麼說，才不會露餡？

「哦……我想請問，艷蓉女士曾送給魏太太一幅山水畫，我很喜歡，不曉得還有沒有，我想——」

羅耀祖神色頓然大變，稀疏眉毛鎖緊、滑溜小眼滴溜溜地亂轉，口氣急促：

「什麼樣的山水畫？妳詳細說清楚。」

羅耀祖奇怪的神色與談話引起江妍詫異，不過她還是細細描述著山水畫內容。

羅耀祖愈聽，神情愈緊繃，臉色跟著連連數變。聽到一半，他截口道：

「我不清楚這件事。有關這幅山水畫，妳有什麼問題？妳想怎樣？」

「我蠻喜歡的，想請問作者是誰？還有沒有新的畫作？」江妍露著笑，語氣平穩。

「原來是這樣。」羅耀祖臉容鬆懈下來，一對細小眼睛露出了精光，「可以請問江小姐住哪裡？我問過我媽，再跟妳聯絡。好嗎？」

「哦，不必麻煩。」江妍沉吟著，「謝謝您。我改天再來拜訪好了。」

「不留個地址嗎？或是電話也可以，這樣比較好聯繫。」

「不，不敢麻煩。那，我先告辭了。」說著，江妍起身。

羅耀祖跟著起身，一路送江妍走出大門。江妍一再請他留步，他笑著說，家裡養了幾條大狼犬，怕她會受驚嚇，還不斷跟她攀談。

可不是嗎？走到庭園時，斜刺裡，竄出兩條雄偉的大狼犬，動作矯捷跳向江妍面前狂嗅。江妍有點嚇到，羅耀祖出聲喝斥著狗。

這時庭園樹叢裡發出一聲長嘯，大狼狗瞬間停住，一個男子由園子裡出現，他揚聲喊大狼狗：

「瑪莎！阿弟！回來～～」兩條大狼犬，敏捷地奔回庭園。

江妍聽到男子喊聲，轉頭望去。入目之下，渾身大震，睜大一雙明眸，脫口大喊：「羅明翊？」

世界在瞬間，停滯不前。羅明翊、羅耀祖、江妍，三個人全都呆愣住……

沒錯！

身軀高頎，足足有一米八，臉龐英挺而俊朗，雙眼炯炯閃燃，彷彿要閃出火花。

江妍剎那間明白了，爲什麼感到羅耀祖臉型有熟悉感，因爲他跟羅明翊的臉型有些相像，只是羅耀祖身材瘦弱、矮小，而羅明翊高大、健壯！

兩隻大狼犬圍繞著羅明翊搖尾巴，他完全不爲所動，灼亮雙眼直盯著江妍。對，就是這身軀、這眼神，讓江妍一顆心小鹿亂撞。她忘形地衝向羅明翊，嬌柔聲響：「你怎麼在這裡？」

衝近之後，江妍仰起頭，跟羅明翊面對面、眼對眼，她可以感受到，自己的眼神在顫抖……其實，不是眼神顫抖，是晶亮淚花的作用。

「妳……叫我什麼？剛剛，妳叫我什麼？」羅明翊低沉嗓音，一樣迷人。

江妍整個人都迷失了，她小小菱角嘴輕抖著：「你，你怎麼會在這裡？」

「妳說，妳剛剛叫我什麼？再說一遍！」

「羅明翊！羅明翊！羅明翊！」

忽然，江妍纖細臂膀被人用力往後拉扯，害她疼得彎月眉都蹙緊了。

「江小姐，妳認錯人了。來吧，我送妳出去。」

羅耀祖不由分說地抓緊江妍，迅速往大鐵門方向而去。江妍被拖行、跟著移動腳步，兩眼閃出淚花，還是緊盯著羅明翊。

而羅明翊好像完全不認識她，兀自呆呆地與江妍對望著。羅耀祖把江妍拖拉出大門外，用力將大門給闔上。

「碰！」一聲，響亮的鐵門關上，敲醒了江妍。江妍用力甩掉羅耀祖的手，嬌嗔臉容都漲紅了，「放手！」

羅耀祖似乎也感到自己的粗魯，連忙向她賠罪，還說請她等等，他要去開車送她回家。

「不必了。我自己會走。」

江妍深深感覺到自己的心碎裂成片片，但什麼原因讓她情緒如此高漲呢？她也搞不清楚爲什麼會生氣？氣從何而來？

江妍憤然扭頭，跨大步就走。

江妍一面走，一面逐漸冷靜下來。她發現這地方人少、車少，想要攔部計程車都不容易，可是總不能再回頭吧？

她放緩腳步，回想起剛才，羅明翊看到自己，卻一副完全不認識的樣子，難道他不是羅明翊，不！不可能，江妍自認絕沒看錯，可是，他的神態舉止很奇怪！

江妍停住腳，轉身往後看。她呆愣回想著，剛剛那個羅明翊，跟之前在自己家裡出現的羅明翊，有什麼不同點嗎？

沒有，完全沒有，他就是它——江妍所認知的羅明翊呀！

他怎麼會出現在……喔！羅耀祖，也姓羅，那棟別墅，主人姓羅？這到底怎麼回事？

江妍的思緒都混淆了，就在這時，一輛杳無聲響的機車從後而來，停在江妍身邊。她側頭望去，這才發現是一輛黃牌重型機車，騎車者雖然戴著安全帽、墨鏡，江妍仍然一眼就認出，他，赫然是羅明翊！

看到他帥氣、英挺的坐姿，江妍懵了，只感到眼睛又浮起一層濕潤。

「我從我家後門出來，繞了個圈子，還好追上妳了。上來！」

他低沉的嗓音，總是那麼迷人，江妍腦袋暫時斷電，只剩一片空茫，她居然便呆呆依言，跨了上去。

機車輕盈地駛離郊區，往熱鬧市區而去，不久後，停在一間裝潢高雅的咖啡屋前。

江妍整個人稍稍清醒過來，她發現羅明翊……有些怪，怪在哪？又說不上來，只覺得他……很陌生！

羅明翊卸去安全帽、摘掉墨鏡。江妍看呆了，但強悍個性讓她很快面對現實。

「謝謝！這裡就好，我、我可以叫車回去……」

羅明帥氣地甩著劉海，英挺的臉朝咖啡屋微微一偏。

「進去。坐會，我們談談。」

啊？又沒有拒絕餘地？儘管江妍本性強悍，這會兒竟然如此乖順。

顯然羅明翊是熟客，大步跨進去，服務人員親切引導兩人進入包廂。

羅明翊問江妍想喝什麼？江妍說，跟你一樣。很快地，服務人員送上兩杯拉花的卡布奇諾，加上一盤小點心，又退了下去。

江妍心口狂跳，升起一個念頭：掛軸內的羅明翊出現現實世界中，當然會跟掛軸內的不太一樣呀！

整間包廂，落針可聞，江妍一直在注意他的舉止，一顆心不安分地碰撞著，導致她雙腮透著紅霞——因為她預感到，即將有事要發生！

「別客氣，不必拘泥。」羅明翊向江妍說著，自己端起咖啡，呷了一口。

喝口咖啡後，江妍感到自己稍稍鎮定了些。

「請問，妳怎麼稱呼？」羅明翊問。

「江，江水的江，單名妍，女子旁的妍。」江妍放輕音量，嬌聲反問：「你……不是羅明翊嗎？」

「不錯嘛，雖然慢了幾拍，還是被妳識破了。我是羅明宗。很少人能分辨出我和哥哥。」羅明宗點頭說。

瞬間，江妍的淚腺整個迸開，淚水如瀑布奔瀉而下……她完全瞭然了。那、那個羅明翊，心中的羅明翊，眞的已經……

羅明宗見狀，也沒有勸她。久久，久久，她終於哭夠了，靦腆地擦著臉。

羅明宗臉色有點焦燥，但表面上還是一派泰然地問：

「妳是我哥的女朋友？我以前沒見過妳？妳怎會到我家來？我哥在哪裡？」

一連串問題令江妍都快招架不住了，兩個人細細詳談，終於相互了解。

原來羅家大夫人誕下長子羅耀祖，二夫人則生了雙胞胎，羅明翊和羅明宗。三個兒子都長大成人，大夫人和羅耀祖認爲羅家家產應該歸長子，偏偏羅老爺想分成三等份，但拗不過大夫人和羅耀祖成天吵吵嚷嚷。羅老爺被吵得煩躁不已，同時感到自己體力逐漸衰退，兩年前的二月，開始跟律師商量，想盡早把財產處理妥當，免得節外生枝。

詎料三個月後，也就是兩年前的五月，二兒子羅明翊無故失蹤，宛若人間蒸發，遍尋不著，除了報警，羅家四處張貼尋人啓事、發出鉅額賞金，可是直到現在，依然毫無蛛絲馬跡。

江妍則細細道出，她藉由卷軸的山水畫，才與羅明翊無意中接觸，以致她對它產生懷疑、追查……然後羅明翊想請她幫忙的細節（當然，江妍略過她想自裁那一段）。

就因爲追查卷軸，先找上李香，然後才尋到羅家。只是許多細節，江妍也搞不清楚，羅明翊一樣說得不清不楚，只以它成了飛魂飄魄的認知，請江妍幫忙它達到心願——它只盼望，能早日回歸陰界。

一面聽著的時時，羅明宗再也忍不住淚流滿面，捶著桌子，悲聲問：

「這算什麼心願？就算他不追究，我也要爲他報仇。他沒說出凶手嗎？」

江妍搖頭，只道出它中了「繫魂繩」，同時被封印在卷軸裡面。

「想不到，凶手這麼毒辣。我哥被封印在卷軸裡面，而妳追查卷軸，一路追到羅家，那凶手已經呼之欲出了。就算他沒說出來，我也可以猜出是誰害死他的。」羅明宗抹掉淚水，握緊雙拳，咬牙切齒說。

「明翊一點都不記恨，它說，若非它今生欠人，將來那人也得還它一命。就算報了仇，它也不能活過來。它不想計較前嫌是非，我猜……有可能，它想保護家人，擔心凶手會轉向其他家人下手，才打算走它該走的路就好。」江妍吸著鼻子，「所以它屢屢要我幫忙，但我始終聽不出它在說什麼，後來才隱約聽到，它最好走一趟什麼『鬼市』。」

「鬼市？那是什麼地方？在哪？」

「我也不知道，要問羅明翊。」

絞緊濃眉，沉思一會，羅明宗說：

「不，不行，我不能就這樣算了，我要找出證據。」

想到羅明翊含冤被害，江妍又掉下淚來。

羅明宗擦擦眼睛，「不管怎樣，我想先見過我哥再說。告訴我，他在哪？」

兩人迅捷地回到江妍住的套房，江妍由臥室拿出卷軸，雖然剛才江妍說過了，但羅明宗詫異而不可置信地指著卷軸：「我哥哥在這裡？」

江妍點頭，來不及回話，展開卷軸翻回背面，把卷軸傾斜三十度斜角，羅明宗看了老半天，擰眉搖頭。

接回卷軸，江妍由斜角望了好一會，什麼都沒看到。她連忙翻來覆去、轉正、反面，除了山、水景致外，都是空白的。

「嗯？我明明看到……呀，是不是要在晚上才看得到？」

就這樣，兩人等到天色暗了，再度審視卷軸，還是看不到。然後又等到午夜一點整，再次檢視，不但看不到，連寄望他會出現的想法也落空了。

羅明宗和江妍兩人坐困愁城，空等了兩天，羅明翊始終沒有現身。

江妍蹙著眉，忽然想到什麼似地抬起頭，「它說試過很多人，頻率都對不上，所以沒人看得到它。難道，你也看不到它嗎？」

羅明宗迥然大眼猶疑地望向江妍，江妍看得出來他心中的疑惑，她深吸口氣。

「呀！我想到了。」

喊罷，江妍跑進臥室，一會，抱出監視器，把兩天存量的帶裝進電視機，開始放映。

江妍一面解釋著，當時，卷軸是放在靠牆沙發底下，所以她才找到卷軸。所幸，帶子內容沒有消失。看完後，羅明宗幾近崩潰，悲淚交加地低喊著：

「天呀，怎……我哥怎會變成這模樣？我……我要怎麼跟我媽說……說哥哥……？」

「不，你絕不能說。你都這麼難過，伯母怎堪承受？」江妍果決接口說。

看到羅明宗英挺臉容佈滿淚水，江妍也陪著落淚。在無計可施之下，江妍突然憶起，自己曾問羅明翊怎麼死的？這敏感問題曾讓它消失了好幾天，後來再出現時，江妍問它去哪，它說去請一位唐東玄幫忙！

想到這裡，江妍口氣急迫地說：「走，我們去找唐東玄，唐先生。」

「他是誰？」羅明宗抹淚問。

「明翊提過他住在……快！我們去找他，路上我再解釋給你聽。」

於是兩人騎上重機，直往唐東玄住處而去。江妍不清楚詳細地址，四處問人，費了一番周章，才終於找到了唐東玄住家。

隨後趙建倫引導兩人，登上頂樓，奉上茶水。他多看一眼男人，發現……竟有點像仙人掌盆栽，那張小人臉容。

唐東玄看著兩人，見面就說：「兩位終於來了。」

江妍、羅明宗吃驚地看著他。眼前這位氣宇軒昂的男人，果然予人不同於一般凡夫俗子之感。

因此也讓羅明宗踏實不少，他二話不說，首先就是拜託唐東玄救他哥哥。

唐東玄頷首，泰然道：「兩位再不來，我可能就要去找你們了。」

「唐先生，」江妍紅著眼眶，睜圓眼，「難道，明翊在您這裡？」

唐東玄尚未有所表示，一旁的羅明宗急急接口：「拜託，我可以見我哥哥嗎？」

唐東玄扭頭，轉向趙建倫，「你去書房，把桌上把兩瓶玻璃瓶拿來。」

過了一會，趙建倫捧著兩隻精緻、造型奇特的玻璃瓶放置在小桌上。只見唐東玄打開其中一罐的蓋子，手結手印，口中低喃唸著。

奇特的事發生了……瓶子冒出一股輕煙，隨著唐東玄手勢，煙霧飄向屋子角落，凝聚成一個人形……

人形樣貌與羅明宗一模一樣，差別是他的頭部、身軀、四肢有幾個地方，呈現破碎樣子。

見狀，江妍心都快跟著碎了；而羅明宗則是悲痛萬分。兩個人一下子哭不出來，身子卻不由自主地顫慄、抖動不止。

但羅明翊似乎看不到他們，它好像被一層無形罩罩住了，在角落原地，緩緩轉著圈……唐東玄伸手一指，似乎罩子忽地消失。羅明翊停身，四下轉頭，又抬起眼，才看到唐東玄等幾個人。

照理說，見到親人，它應該會激動、高昂。可是，它卻攏聚濃眉、臉上茫然、黯黑眼睛迷糊著……

任憑羅明宗、江妍悲愴地呼喊、哀叫，它都沒回應，只是一副淡漠地轉動黑眼珠。

羅明宗情不自禁，起身往角落而去，唐東玄立刻將他喊住：

「你不能靠近。你靠近它，它會被你身上的陽氣所傷。」

聞言，羅明急忙退回落座，他說不出話，因為悲愴不已而掩住了臉。

「唐先生，請您告訴我們，有什麼辦法可以救它？」江妍哽聲問。

唐東玄頷首，說出羅明翊的狀況……

原來它受困於雙層封印內一段時日，魂魄已經漸漸散失原形，再不趕快解除封印，讓它去「鬼市」或冥界報到，便可能魂飛魄散，甚至消失無形，而且所剩時日不多。

聽完，羅明宗整個人頓然頹敗萎靡，聲音沙啞問：「還……還剩多久？」

「最遲三天。」唐東玄語氣斷然，又接口說：「當然，愈快愈好。」

羅明宗一下子暴跳起來，疾聲道：

「你就這樣放任他消失?他都來找你了，爲什麼不救他?」

一旁的趙建倫嚇了一跳。江妍雖然傷懷不已，畢竟仍有理智，她訝異地看羅明宗，發現兩兄弟個性天差地遠。

唐東玄卻不爲所動，依舊平緩，徐徐開口：

「能救的話，我早救了，哪會等到現在。」

羅明宗忿忿然，正欲開口，江妍忙拉住他的臂膀。

「現在不是講氣話的時候。趕快想辦法，請唐先生指引我們解開封印才對。」

羅明宗這才發現自己過度急躁了，隨後露出歉意的眼神，咬住下唇，免得又出言不遜。

「不怪你。是我能力太差。」唐東玄和緩地說。

羅明宗再也按耐不住，離開沙發，跪了下去，「我……我……對不起!對不起!我……」

受到示意，趙建倫忙上前，聯合江妍，兩人用力把羅明宗拉起來。

唐東玄低沉嗓音緩緩響起：

「一般說來，只要學過咒術者，能放出『繫魂繩』也能解『繫魂繩』。但是他身上的『繫魂繩』，繩頭彼端，多加了一滴『紫關』，令旁人無法解開『繫魂繩』。」

這正應了一句話：解鈴還須繫鈴人。唐東玄嚴詞要他兩人最好趕快回去羅宅，找出這個人。

一句話有如棒喝，打醒了羅明宗和江妍。江妍思緒還算清明，馬上接口：「如果戕害明翊的是羅家人，他們一定不肯承認。」

「喏！」唐東玄拿起桌上另個玻璃瓶，「這個，請兩位帶回去。」

兩人有如溺水者忽然抓到浮木，其餘大小事都不在心裡，全心全意地盯緊浮木，所有寄望就在這一瞬間。

「可是，我們該怎麼做？」羅明宗皺緊濃眉。

唐東玄點頭，緩然磁音響起，絮絮交代著，兩人一面聽、一面點頭不迭。

羅宅寬廣的內廳，除了江妍是外人以外，所有羅家人齊聚一堂，這是羅明宗刻意安排。

原本羅父要趕去公司開會，羅明宗和他親生母親想方設法把父親留了下來。

再由母親跟羅父說明，羅父一聲令下，對於身為大房、身為正室的艷蓉以及羅耀祖，儘管心中不服，也只能乖乖等候在內廳。

事實上，大家都心知肚明，只要齊聚在內廳，就表示有什麼重大事件要商討。

因此正室艷蓉和羅耀祖私心猜測……或許跟家產有關！

傭人送上茶水，同時應羅明宗吩咐，送上一根鐵質支架，矗立在眾人視角都看得到的面前，然後傭人很快就退下去守在廳堂門，嚴禁任何在羅家工作的人進出。

呷口茶，羅父掃一眼江妍，才轉向羅明宗，以眼神示意：可以開始了吧？

羅明宗轉向江妍，深深一點頭，江妍站起身，上前把手上畫軸掛在鐵架上，再退回落座。

艷蓉和羅耀祖見了，臉上都微微變色。

「大媽，大哥，」羅明宗帶著尊重語氣開口：「這幅山水掛軸，現在是江小姐的所有物。」

艷蓉和羅耀祖聽了，臉容都緩和下來。

「江小姐，妳可以說出這幅山水畫的原由嗎？」羅明宗又問。

江妍單純說出，山水畫是李香、魏信宇夫婦送給她，再說出李香如何擁有這幅山水畫，原來就是艷蓉送她的。

羅父完全不清楚細節，只反問艷蓉是否送畫給李香？

艷蓉畢竟上了年紀，思慮比較謹慎。她猶豫著要不要承認，一旁的羅耀祖忍不住開口：

「是呀！是我送給媽，媽轉送給魏太太。」

羅明宗瞪大眼，立刻接口問：

「所以這幅畫，原本屬於大哥？」

「那又怎樣？眼睛睜那麼大是幹嘛？」羅耀祖閃閃細小眼睛，瞪了弟弟一眼。他那滑溜、深沉的小眼睛遺傳自媽媽艷蓉，只不過艷蓉是鳳眼，看起來比較漂亮。

看到哥哥承認了，羅明宗馬上接口，娓娓道出羅明翊死狀悽慘，被封印在掛軸裡，掛軸還被「繫魂繩」綁死，令死者永遠無法超生，更道出他跟江妍昨天去找唐東玄解救哥哥，所以眼前只剩兩天期限，若不及早解救哥哥，他便將魂飛魄散！

又接口說出，害死二哥的人，深怕二哥回來尋仇，但事實上，二哥無意尋仇，只求安安順順走他該走的路而已。

「我要把事情掀出來，第一，不要讓二哥魂飛魄散。第二，只求替二哥找個公道！」說到後來，羅明宗悲淚交迸。

這段既短、又冗長的話，聽得在座各個羅家人勃然變色！

二夫人驚懼得快暈厥，渾身顫抖不停。大夫人則尖著喉嚨，喊道：

「怎麼可能？唉唷唷，我的天，都什麼時代了，你妖言惑眾，想騙誰？騙你爸的財產嗎？」

羅耀祖臉色變幻不定，這才察覺自己上當了！

羅父滿臉沉重神色，應該說他半信半疑。只見艷蓉要死要活地接口說：

「我一向很疼愛這兩個孩子，雖然不是我親生的，天公作證，我都把東西分成三等份，耀祖有的，兩個孩子都有一份。現在好了，明翊失蹤，或許是在外面遊盪，或許是跟外面的人結什麼樑子，你卻想陷害我們母子，天呀！這世上還有正義嗎？」

羅父眨著一對老眼，極力隱藏著憤怒。他冷著臉，轉問羅明宗：

「阿宗，你……有證據？有些話，不能亂講。」

羅明宗向江妍一點頭，兩人同時起身，羅明宗把廳堂燈光熄滅。江妍掏出袋子內的玻璃瓶，打開蓋子，把瓶內的水，灑向山水掛軸上，掛軸冒起一股又一股的煙霧……

大家都驚呆了，不約而同瞪大眼，齊望住山水掛軸。昏暗中，煙霧聚集在掛軸前的地上，再凝聚成人形，就跟江妍和羅明宗在唐東玄家裡看到的一樣。

雖然可以看出是羅明翊，但他渾身上下，卻更加殘破不堪。

因爲在羅宅，亡靈對熟悉的住家，生前印象仍很深刻。他扭動著頭、身軀，四肢，轉向羅父、二夫人方向，徐徐跪拜了下去。

直到這時羅父和二夫人才被悲愴籠罩，艷蓉和羅耀祖也才知道驚恐，兩母子緊緊擠縮在椅子上發抖。

羅明宗忽然大喊一聲：「江妍，快！快點出手。」

聞言，江妍把玻璃瓶的水倒向早準備好的剪刀，覷準了掛軸上頂端的繩索，朝「繫魂繩」繩頭彼端那一滴「紫關」，就要剪下……

「住手。」突然，嬌脆、甜美、又充斥著冷肅的女子聲音響起。

一道曼妙女子身影乍然出現在掛軸前。她舉高手，拇指、食指捏著，另外三根指頭呈翹起的手勢，而江妍手上的剪刀便硬生生地停頓在空中，就是無法把繩頭彼端那一滴「紫關」剪下去，連手都跟著被定住了。

江妍完全反應不過來，還是羅明宗動作迅快，衝近江妍身旁，以身護住江妍，指著凌空的繩頭「紫關」，揚聲問：

「妳是誰？是妳下了咒術？」

女子只露出兩顆燦亮明眸，一條絲巾蒙住了她的臉龐，可是聽她聲音也能夠想像得出來，她的長相必定很美。

只見女子放開手，垂下臂膀，這時江妍手上的剪刀，「噹啷！」掉到地上。

江妍低喊一聲，羅明宗連忙轉向她，一齊檢視江妍的手，發現她握住剪刀的手指和掌心已出現烏黑、燒焦的痕跡。

羅明宗立刻轉向女子罵道：「我們跟妳無冤無仇，為何要傷人？」

女子冷哼著，美目展閃之間，脆聲說：

「我明說了，『繫魂繩』是我佈下的，這縷靈魂也是我下的封印。繩頭上那滴『紫關』是修羅結。妳手上，中了我的修羅火。」

「妳想怎樣啦？」魁梧身軀不退反進，羅明宗上前一步怒道。

女子冷哼一聲，忽然周身衍釋出陣陣熱浪，一波又一波，羅明宗感覺被火灼般炙痛，連忙往後退。

「妳到底是誰？為什麼要傷害我們羅家的人？」

「錯了！」女子伸手指著艷蓉，「是她來求我，我只是幫她個小忙，困住她討厭的鬼魂。」

羅家所有人同時轉頭看向艷蓉，而艷蓉臉色慘白，一句話都說不出來。

「所以，是妳殺了我哥哥？」羅明宗怒道：「妳到底是誰？」

只聽女子清脆嬌聲說：「本公主乃白素音。我沒有殺人。要解封印，去找唐東玄。」

說完，她整個人幻化、消失，身軀周遭幻出一圈五彩繽紛光芒，宛如美麗的煙火花，遽然消失。

將艷蓉和羅耀祖母子以及幾乎快喘不過氣的親生母親，都留給羅父處置，羅明宗心繫著羅明翊，哥哥的時間有限呀！

何況江妍的手又受到炙傷，他捲起掛軸，載著江妍，又飛快奔向唐東玄住處。

趙建倫來開門，「唐先生等候多時了，兩位請。」

他將羅明宗、江妍帶上頂樓。唐東玄雙手背負在後，站在落地窗前，望著窗外蒼翠山林。聽到聲音，他回過身，落座在主位，臉容相當嚴肅。

趙建倫接過掛軸，把它掛在沙發旁的畫架上。山水畫景觀依舊，唐東玄聽著羅明宗方才在家中的敘述，時不時瞄一眼掛軸。

「白素音？怎麼又是她？」唐東玄低喃著，隨即又問：「離開前，她說了什麼？」

羅明宗接口：「她說，要解封印，得找唐東玄。我猜，江妍受傷的手，也只能找您了。」

唐東玄點頭，江妍伸出手，他看了看，「嗯！果然是修羅火。」

他回頭叫趙建倫下樓到書房牆櫃上把一瓶解藥拿上來。羅明宗接過解藥，忙替江妍敷上。只一下子，江妍馬上感到炙熱感退了，疼痛也解除。

「唐先生，我哥哥……無礙吧？」羅明宗問，這是他最關心的事。

「嗯，既然知道是修羅結，就可以解開。不過我先聲明，解開『繫魂繩』繩頭上的『紫鬮』以及封印後，我必須趕快送他去『鬼市』。」

「可是……我還想跟我哥談談……」羅明宗眼眶紅了。

「多耽誤，只會增加他的痛苦，畢竟他被封印太久了，你跟他談談，我不反對，但……他還是無法返回陽間。」

聽到這話，羅明宗只好忍痛放棄，只希望哥哥不要再受苦。唐東玄接著祭起咒術、加上手印，在卷軸上施法……原來剪刀剪不斷「紫關」結，必須擁有高超咒文術士者，才能以咒法解開。

半個時辰後，畫軸上冒出縷縷黑煙。江妍、羅明宗含著淚，看到昏懵黑煙聚成人形狀，一頭栽進唐東玄早就備妥了的收魂瓶。

羅明宗向唐東玄道過謝，說他要回羅家去追出殺害哥哥的凶手。

唐東玄截口說：「你哥哥並不想追究，況且這手法難以找到證據，緊追凶手不捨只會讓羅家再添怨靈和仇恨，你還是替你哥哥積些陰德吧。」

江妍也跟著勸說，還提及他父母親年紀大了，身體孱弱，要是追究起來，就像唐東玄說的，只會添加仇怨和怨靈，羅明宗聽了，無言以對，卻不肯鬆口。

這時江妍手機響了，她一看是潘秀珍。

潘秀珍已打過幾十通電話，江妍轉向羅明宗，拜託他載她直接去公司地址，羅明翊事件已解決，她該去處理新公司了。

於是趙建倫送他們下樓，兩人離開了唐家。

唐東玄依然在頂樓，靜靜地凝望窗外，忽然背後傳來一串清脆、銀鈴般的嬌笑聲……

他徐徐轉回身。白素音曼妙地卓立著，她沒有蒙絲巾，姣顏娟秀地燦然一笑，同時雙腮閃出兩顆酒窩。讓人不飲而醉的酒窩，深深吸引住唐東玄星眸燦芒。

「在等我嗎？」

銀鈴嬌聲，喚醒了唐東玄，他輕吸一口氣。

「就算我不想等，妳還是一樣闖了進來。」呃！他出言眞的很傷人。

「哼！今天，如果不是跟蹤那兩人，我永遠都找不到你，原來你住家佈下了結界。」

「爲了防止外人入侵，我佈下結界，錯了嗎？倒是妳……白……」突然忘記她的名字。

「白素音！你是有意氣我？連我的名字都故意裝作忘記？」嬌聲依然清脆，卻摻雜濃濃忿意。

「今天，如果妳行爲、舉止行俠仗義，我會很尊敬妳。但是妳指使那些修羅部眾一而再、再而三冒犯『鬼市』，頻頻害人、又惹是非，難道我該對妳恭敬嗎？」

「我哪有？」

「咦？難不成，要我一一列舉出來？」唐東玄臉不紅、氣不喘，語氣依然平和，「像今天羅家這件事，如果不是妳，怎會變得如此複雜？光憑妳戕害生靈這個罪名，就已經枉費妳修行多年——」

「住口！誰要聽你添加莫須有的罪名？你懂什麼？你怎麼不自問良心，爲何我會一再找你……」愈說愈激動的白素音嬌軀微微顫抖，氣得說不下去。

「我……」唐東玄搖頭想解釋。

就在這時白素音旁邊冒出一縷紫黑煙，一個臉上膚色一邊焦黑、一邊白色的女子出現了，同時開口：

「喔喝……陰陽臉阿官來了。又是這個唐東玄惹我家公主生氣呀。」

阿官轉向白素音躬身一禮，「公主您跑太快，阿官來遲，讓您受委屈了。」

只見向來嬌生慣養的白素音俏臉蹙眉變色，緊咬紅唇，眼中含淚。

看主人這樣，阿官立刻轉身，朝唐東玄揮出一掌！

唐東玄猝不及防之下，胸前被拍了一掌，但他咬緊牙根，硬是挺住，頎長身軀往後晃了一晃，沉聲道：

「我知道了，原來今天羅家的事情，妳主要是想對付我？不是羅家？」

「你冤枉我，可惡。」白素音漲紅娟秀姣顏，氣得用力一跺腳。

整片地板發出震動聲響，看公主被欺侮，阿官怒臉相向，升空騰飛，雙手平舉，朝唐東玄攻過來！事出突然，唐東玄卻不閃不避，一旁的白素音見狀，一把火都消了，代之而起的無比是驚駭。她欲阻不及，乍然一旋身，擋在唐東玄身前！

阿官又驚又急，右手疾轉，傾斜向另一邊；左手以攻轉柔，勘勘接住白素音嬌軀，緊接著縱身躍向大片的窗口。兩道身影穿透玻璃片，瞬間消失在窗外。

唐東玄皺緊雙眉，搞不清楚剛剛是怎麼回事？

他只能臆測，白素音跟自己絕對有天大冤仇，否則怎會一見面就開口質問？甚至連她的部眾阿官也對自己下手不留情！

他在住處封下結界，保護自己，錯了嗎？

還有，他深深考慮著，是否該搬家了？

第二篇

顫慄黑影

田克平跟著前面那群人，親眼看那四個人有說有笑地踏進高三教室後，舒了口氣，這才回頭往校園最僻靜的垃圾場而去。

咦？人呢？剛剛明明看得一清二楚，前後相差才幾分鐘，怎麼？他人呢？

田克平四下掃一眼，呀！看到了，前面有一條掩入轉角的身影，想必就是他了。

很快跨大步，跟上前，迴過轉角，看到他坐在教室背面、水溝邊的那瞬間，田克平再次舒口氣，早在之前就一直想方設法，今天，恰好正是時機。

他把喜孜孜的情緒藏妥當，輕悄走近，學著那人的姿勢，倚著教室背牆，雙腿凌空跨在水溝上，腳踏在水溝另一邊。

才落定，那人埋在雙臂裡的頭忽然抬起來，不友善的眼睛斜望田克平，倏忽收腿起身。

田克平拉住他臂膀道：「別走。我們談談。」

「沒什麼好談。」他沉聲說，甩著臂膀。

田克平卻不肯放開手，拉高音貝：「我都看到了……」

「所以你來看我笑話？」他的嘴角冷冷一撇，滿臉都是一派揶揄。

「不，相信我，我不是那樣的人。」

他重又坐下，渾身帶刺的戒備著，卻不出聲，等田克平開口。

「基本上，我討厭霸凌，討厭欺壓弱勢……」

「哼！我才不是弱勢。」他滿臉不耐，炯然雙眼瞥著田克平。

田克平反倒一愣，小眼精芒一閃，搖搖頭。

「呀，看來是我太雞婆了。他們的作風，我始終看不過去，但又怕他們那些小人行爲；如果我公然挺你，一定會落入跟你一樣的下場。這對你、我都沒有好處，對吧？」

那你想怎樣？那人眼露疑惑、雙眉聚攏地望著田克平。

「說眞的，很早就想跟你說一件事，但又擔心太唐突。看看，你剛剛不是就怪我雞婆？」

田克平的小眼睛瞇成一線，腮邊露出兩顆小酒窩，講實在話，這種笑容跟他這一型男生實在不相襯。

「剛才是你自己說的，我又沒說。」

「哦，我懂了，所以你不怪我多事？」

上課鈴聲響了，他拍拍屁股，敏捷地站起來就要走。

「王仲彬，等一下！」

王仲彬大踏步往教室方向走，個頭矮了他一截的田克平追上去，見風轉舵地說：

「我看你這樣，知道你不怕他們那群人，不過呢，像這樣時不時被騷擾還是很討厭。我告訴你一件事，有個方法可以擺脫他們……」

王仲彬突兀地停腳、側過頭，害田克平差點撞上他。田克平接著說：

「不能耽誤上課時間，這樣吧，下課後，六點，我們約個地方，見面談？」

略一思索後，王仲彬點頭，兩人遂各自分開，踏進教室。

六點下課後，兩人先後到達了學校附近的飲料店。

點了兩杯特大杯飲料，田克平搶著付帳，王仲彬一派悠閒，很好奇對方究竟想告訴他什麼事，可以擺脫他們？除非轉學或是以暴制暴？還是單挑後附帶條件——輸了，以後不准再找他麻煩。

憑自己的身手，單挑他倒是不怕，只是他不能招惹麻煩。他是單親家庭，小時候，鄰居同學笑他有個酗酒、暴力的父親，他挺起胸膛跟同學幹架，老師來家庭訪問，才曝光了他家中祕密，不只是單親，還有爸爸的酗酒、暴力……

他很受傷，一直抬不起頭來。在這之後，他發誓一定要緊守住這個祕密。國小高年級、國中，到現在都高三了，他都習慣獨來獨往，沒有同學、沒有朋友。

「肚子餓嗎？要不要點個炸雞、薯條？」

王仲彬收回心神，搖頭順手拿起飲料，灌一大口，田克平也喝一口，徐徐問：

「你知道嗎？前陣子，新聞報導了一起火災，半夜發生了大火，把整間透天厝燒個精光，火勢撲滅後，屋裡四個大人加上一位孕婦，一共五條生命，全都被燒死了。」

王仲彬搖頭說沒注意，像這樣的災難社會新聞幾乎天天都有，他哪會去特別留意？

田克平娓娓道出透天厝火災的前因後果……包括倖存的蘇昭容，以及她不尋常的兒子施繼凱的事件。（注）

聽完，王仲彬聚攏著濃眉反問：「你怎那麼清楚，這件事的內幕？」

田克平露出酒窩，故作神祕地笑笑，「忘了向你介紹，有位叫呂玉晶的，是我以前的舊家鄰居，她跟我媽很好，是她透露這件事的內幕。而呂玉晶，就是蘇昭容的閨密。」

注：此段請見「鬼市三部曲」第一集《跟鬼交易》之〈魘嬰〉。

王仲彬恍然大悟地點頭。

「其實，這件事是我無意中偷聽到我媽跟我爸提起。」

說著，田克平呷口飲料，王仲彬也端起飲料喝了一口，不過他還是沒弄清楚田克平談這起件事的目的。

瞄一眼王仲彬，田克平接口道：「大家都說，施繼凱不是普通人，他有特殊能力。我也覺得，他應該能抵制班上那幾位喜歡欺負人的同學。」

王仲彬炯然雙眼看著他。

「依你的意思，是要我去找一個五歲的小朋友，替我出力擺平這件事？」

田克平搖頭說：「不，我剛才說了，施繼凱消失了，我媽和蘇阿姨都找不到他。」

王仲彬面無表情地平視著田克平，一點也不明白他的用意。

田克平加重語氣說：

「重點不是施繼凱，是那個市集！」

短暫的沉默後，王仲彬皺緊濃眉，「什麼市集？」

「嗯，我爸跟我媽討論過，那應該是傳說已久的『鬼市』！」

王仲彬雙眸倏地光芒一閃。

「我聽過『鬼市』，一說『鬼市』是夜市的延伸；另一說『鬼市』是亡靈聚會的市集。」

田克平徐徐轉望王仲彬，「原來你也聽過。」

王仲彬的大眼都瞪圓了。

「聽說進過『鬼市』的人都沒回來，也沒人找得到。那裡根本就是天方夜譚？」

「套一句我媽說的：有緣者才能遇見『鬼市』。無意間進去『鬼市』的話，裡面的攤販販賣各式各樣奇珍異品，攤販老闆也會知道你的難處，還能紓解你的困難。」

王仲彬質疑反問：「你、你媽怎麼知道？」

「嗳！呂玉晶是見證人，而蘇昭容是活生生的例子，這還不夠嗎？」

「所以……」王仲彬一顆心無端活絡起來。

田克平露出酒窩，神祕淡笑，「所以，我們得想想辦法囉。」

別看王仲彬、田克平兩人才高三的學生，怪點子特別多，也特別玄奇，他們試過千奇百怪的方法，浪費了幾個月的時間，依舊找不到目標。

王仲彬幾乎快放棄了，還勸告田克平算了吧，雖然那幾位霸凌的同學對他的態度很惡劣，但他覺得還能忍耐。

不過田克平卻還在動各式腦筋。這一點就讓王仲彬想不透，被欺負的又不是田克平，他怎麼會這麼積極？

今早自習時，田克平向王仲彬打個暗號，兩人先後離開教室，到了籃球場角落會合。

一見面，田克平便掏出一塊手掌般大的圓狀物，上面刻了八卦圖案，還有活動指針。

「告訴你，這可是我最後一個方法了。如果還不管用，他媽的，老子就宣告放棄。」

「終於聽到你這句話了。」王仲彬露出白燦牙齒，「話說回來，你這又是什麼？好像指南針。」

「嘿，果然見過世面。但不是指南針。有聽過羅經嗎？」

王仲彬搖頭。

「羅經又稱羅盤，跟指南針類似。這塊羅經，屬於一間三級古蹟寺廟的一位廟公所有。看，上面有八卦圖，有沒有？」

王仲彬仔細看去，上面精雕著八卦圖。

「我去請教廟公，他不但教我使用方法，還加持過這塊羅經。」

「是哦。」王仲彬俯首，更仔細地看著。

田克平得意地抬頭挺胸，讓他看個夠，就在這時他瞄到……又是他們四個！操場角落一角，以周永寬爲首，領著三位同學：高清風、劉基、宋大武，大搖大擺地往他倆方向而來。

田克平細小睛芒眨閃著，迅速地說：「今天晚上九點多，在ＸＸ夜市見。」語罷，田克平很快抽回羅經，轉身往另一個方向走。

王仲彬莫名其妙地看著疾步離去的田克平背影。忽然身後暴喝傳來，王仲彬轉頭望去，這才恍然大悟。

高清風和劉基快步追上田克平，周永寬和宋大武則施施然向他走來。

一會過後，高清風和劉基脅迫著田克平往回走，周永寬這時也走到王仲彬旁邊。

田克平已被他們搧了幾個耳光，雙腮紅腫起來。王仲彬上前一步，兩臂卻被阿寬、宋大武緊緊架住，他掙了幾掙，沒能掙脫。

周永寬冷然望著田克平，「唷～～我都不知道你這麼神勇？看我不順眼？」

田克平和王仲彬同時搖頭。

周永寬掃他倆一眼，繼續對著田克平說：「你說謊，不然你怎麼跟他混在一塊？這不明擺著跟我對幹，對不對？」

其他三個人附和、喧嘩大喊，阿寬眉尾一挑，三個人一湧而上，對著田克平便是一陣拳打腳踢。

眼看田克平矮小身軀整個萎頓在地被暴打，王仲彬完全忘記約束自己的誓言。他臂膀一甩，周永寬便被甩得傾跌在地。

王仲彬衝上前，一手抓一個、兩手抓一雙，奮力往外丟。

四人中最高壯的宋大武呆住，他料不到向來有若綿羊般乖順的王仲彬居然敢反抗？而且，手勁不弱！

宋大武被一拳打中下巴，整個人往後退一大步，鼻子、嘴角流淌兩道鮮紅色血液，接著宋大武和王仲彬兩個人扭打起來，在操場邊打掃的同學見了，立刻報告班導。不一會兒，訓導主任、班導就急匆匆地趕來，兩人馬上被拉開，六位同學被帶去訓導處問話。

晚上九點，夜市裡燈光大亮，好一副喧嘩熱鬧景象。

看到遠遠走來的王仲彬眼窩瘀青，田克平一再強忍，但腮邊小酒窩還是露餡了。

「笑什麼？」王仲彬瞪他，「看看你自己額頭。」

田克平摸摸額頭，又摸後腦杓，嘆了口氣，「算了，辦正事要緊。」

田克平掏出羅經，跟著人潮往前，小眼睛滑溜過各式攤販。兩個人逛到馬路盡頭，往後走，又從頭逛起……就這樣來來回回繞了不下三、四趟。

「喂！」王仲彬停住腳，「到底廟公教了你什麼？來回這麼多趟，也看不出你有什麼好方法？」

「指針一直不動，我有方法也沒轍。換你好了。」田克平嘆口氣，羅經遞給王仲彬。

王仲彬皺起濃眉，接過羅經，專注看著盤面。忽然間，兩根指針像被磁鐵吸附，飛快地旋轉起來。

田克平嚇了一跳，湊近前，一對細小眼睛射出精光，低喊著：

「呀！啊！怎麼到你手上就變了？」他摸摸王仲彬的大手，審視著，

「難……難道你的手有吸力？」

「幹嘛摸我的手啦？很噁哩。」王仲彬甩掉他的手，把羅經往他懷裡送。

田克平冷不防退了一步，差點讓羅經掉到地上，所幸他接得快。只是，羅經一到他手中，指針頓然靜止不動。

「耶耶欸，拜託，給你拿啦。廟公說過，遇到對的能量，指針才會轉動。」

「什麼能量？」

田克平撇撇嘴，低聲道：「陰氣的能量。」

「我身上有陰氣能量？」瞪大眼的王仲彬看來挺嚇人的。

田克平解釋，據廟公所言，經過他加持過的羅經指針能接收陰氣能量，透過適當的媒介，羅經接收陰氣能量後，會更活絡而迅速。

路邊攤販飄來陣陣香味，王仲彬摸摸肚子說：

「什麼啦，聽不懂，走這麼久，肚子在抗議了，去吃點東西吧。」

田克平也餓了，兩人便坐下各點一碗麵，不到十分鐘，已囫圇吞下肚。

拍拍肚子，很想再來一碗，但王仲彬轉眼一望，突然「咦」了一聲，田克平跟著轉眼。他伸出手，指著不遠處一個卜卦攤旁邊，有個黑暗、昏憎的缺口；缺

口旁是條暗巷，對面有一間不起眼的小廟，廟口坐了一位白髮白鬚的老者。

「欸，剛剛沒看到那邊有巷口、小廟、白髮老先生，對不對？」

王仲彬猛點頭，環視周遭，行人還是穿梭不息，但完全沒人注意到暗巷。田克平迅速把羅經塞給王仲彬，只見上面指針飛快旋轉數圈，接著長針指向暗巷。兩人便起身依長針所指，亦步亦趨地往前走。

忽然傳來一個喝叱聲：「站住！」

兩人、四隻眼，循聲望去。但見坐在廟口的老者慈眉善目，鬍鬚、頭髮、睫毛都是白色，手上拿著紙質古老發黃的瘦長老舊書本。

兩人腳下不停，繼續往陰暗的巷子走去。

「等一下！」廟口白髮老者招手喚兩人。

巷口不寬，兩人橫跨一步就靠近了老者。老者上下打量兩人，搖了搖頭，「乳臭未乾的小子！最好換條路走。不要走這裡。」

田克平望一眼暗巷，自以為幽默地指著巷內。

「阿伯，你誰呀？這巷子是你家？歸你管？」

「我是這裡的土地公，當然歸我管。」老伯用力一點頭，朝王仲彬道：「小子，把你手上的玩具收起來。」

王仲彬不做任何動作，手卻不聽控地把羅經塞進口袋內。

田克平哇哇大叫：

「喂喂，他是誰呀？幹嘛聽他的？這可是指引我們路線的指標物咧。」

土地公的臉倏地變深紅，兩眼瞳變深黑，白髮根根往上凌空豎起，聲音分叉成高、低兩股合音：

「已經到地頭了。不須要指標。想進巷子，不能把玩具拿出來。」

土地公這一喝，兩個人腦袋、動作瞬間變得遲緩，毫無異議、沉默地往暗巷內走。

不知走了多久，黑暗轉成微明，接著有攤販、有微亮燈光、有行人，只是卻處在一片暗懵處，看起來很沒有真實感。不過此時，兩個人乍然清醒，好像失去了一道魂，立刻又回到身上。

「欸，這裡怎麼怪怪的？」王仲彬環視周遭。這裡的攤販、行人，跟剛剛走過的夜市有很大差別，但差別在哪，卻又說不出口。

田克平縮靠到王仲彬身邊，四下張望，同時叫王仲彬快拿出羅經，看看是不是找對地方？

王仲彬尚未回應，田克平自動伸手，從他口袋掏出羅經。指針忽然像發瘋般胡亂急速轉動，周遭響起刺骨撕肺的慘嗥淒厲聲，周圍幢幢黑影亂竄，還有黑影朝兩人擠壓過來，陣陣奇寒、陰森冷風有如刀刃颳著兩人皮膚。

兩人這會才見識到，什麼叫上天無門，入地無洞。

兩個人東奔西竄，根本無法脫困。王仲彬苦著臉，慌張地低吼：

「快啦，快收起羅經啦。」

田克平慌措地發抖，想收起羅經卻反而掉到地上，還是王仲彬動作敏捷，彎腰撈起，放進口袋內，一鼓作氣地完成。瞬間，周遭又恢復成剛剛平和的景象。

田克平喘著大氣，心有餘悸地說：「恐怖哦。難怪剛剛土地公叫我們收起羅經。」

王仲彬低聲問：「接下來呢？要怎麼辦？」

田克平細眼亂瞄著，低聲說：

「我看、我猜……這裡很像傳說中的『鬼市』。我的天呀！眞的讓我們找到了嗎？回去後，我要叫我媽準備水果去寺廟拜拜。快，快點繼續走！」

王仲彬捶一下田克平肩膀，有被騙了的感覺。「鬼市」能用猜的嗎？還有，原本以爲廟公都跟他說明白了，沒想到田克平也不清不楚的。

忽然前面響起吆喝聲浪，行人起了陣陣騷動，紛紛擠向前去。兩個人跟著往前，輕易撥開人群，擠到攤販前。

「啪啪！」鐵片拍在鐵板上，發出重擊，攤販是個上了年紀、緊閉著眼的老者，聲音沙啞地喊道：「快來買，快來買！優惠時辰到了，要買要快。」

老者面前的鐵板長到看不見盡頭，上面排了滿滿黑色小片，大小有如隨身碟，長四、五公分，寬約一公分多左右。這時一名行人掂起其中一片問：

「這個咧？有什麼作用？」

「哦，這個隨有緣者出售。看你的需求是什麼，小黑片就是什麼。」

「詐人容易訛鬼難，你不知道嗎？萬一買錯了，老子撕碎你。」

「你這片，是阿財。買了它，你會發財。」攤販老者湊近臉，皺皺鼻頭，又逐一指著旁邊每一片，介紹著：「這是阿官、阿壽、阿姿、阿福、阿壯、阿禍……」

行人丟下小黑片，雙手一攤，「發財對我來說沒用啦。有賣阿生嗎？」

攤販說沒有，行人丟下小黑片，他轉身立刻離開，其他行人也紛紛散去離開。

田克平兩眼盯緊，拿起那塊阿財黑片，「阿伯，這個我要，賣給我。多少錢？」

攤販老者臉轉向田克平，「不要錢，但黑片都有期限，期限到了，就要付出代價。」

田克平滿臉喜孜孜，謹慎地把阿財黑片收進口袋，閃眼問攤販老者：「借問一下，這裡是『鬼市』？」

攤販老者雙眼凸出眼眶外、臉上是猙獰表情，沒有回答，卻壓低聲音：「噓～～！呼～～！不能講！」

田克平點頭，很想說出剛才已被嚇得半死，想想又把話吞回去，心裡可樂透了。還眞的欸，沒人找得到的「鬼市」，他倆竟然闖了進來！

王仲彬反問攤販老者：「什麼是阿生？」

「咳！阿生很難買得到，它們都想買，獲得再生、可以投胎的機會，好離開這裡。」

王仲彬有聽沒有懂，只明白它們都不想待在這裡，接著他信手拿起一片。

「呀，你拿對了。這片是阿壯，你不必出力，它可以應你所需，替你出力辦事。」說著，攤販老者一一介紹其他小黑片：阿壽，就是買壽命；阿官買事業；阿姿買漂亮；阿福買福氣；阿望買希望；阿親買親情；阿友買朋友；阿子買兒女；阿禍買意外……

攤販老者叨唸不止，田克平卻拉了王仲彬轉身就走，走出好一段距離，王仲彬才甩開他的手，捏捏又小又薄的小黑片說：

「聽他說得好複雜。看不出來這是什麼材質，摸起來微軟，不像壓克力，也不像塑膠，我要這個幹嘛？」

田克平忽然變聰明了似，低聲接口：

「收起來啦，一定有用。你剛才也聽到，他說這裡是『鬼市』，我拿到阿財，還眞中了我的需求。我相信他的話。」

「你的需求？」王仲彬攏聚濃眉，忽地靈光一閃，「原來你想發財？」

田克平太過得意，忘形地道出實情——

之前他聽到爸媽在討論，呂玉晶說透過施繼凱刮中了二十萬，因此引發他諸多聯想——想發財，來「鬼市」就對了。

王仲彬倒抽口冷氣，霎時有被利用之感。還有，好像是靠自己的「陰氣能量」才找到「鬼市」，這也太意外了！

看著朋友臉色陰晴不定，田克平很快接口：

「重點是可以應我們所求，不必想太多，我們趕快回去吧。」

王仲彬心情很沉重，跟著田克平腳步走。兩個人胡亂繞來繞去，直到田克平大叫：「唉唷？怎麼又走回來了？」他才醒悟過來。

「看吧，這就是貪心的代價，如果走不出去，我們得死在這裡。」

「別這樣說，那四個人不是一直欺負你嗎？我也是替你著想，尤其當他們打我時，你居然不顧一切反擊。當下我就知道，你這個朋友我交定了，我……」

說著，田克平眼眶紅了。王仲彬攏聚濃眉，截口喊：「好了啦，不要說了。」

田克平手背抹一下眼角，點頭俯下臉，王仲彬瞄他一眼，再集中精神，打量周遭，腦中回想著剛剛由哪條路走進來？應該由原路再走回去……

呃！看到了，他記得巷口那攤卜卦攤旁邊是個黑暗、昏懵的缺口，但是現在對面的小廟已經不見了。他朝田克平打個暗號，悄悄掩進暗懵的缺口路徑而去。

自從被訓導主任訓了一頓之後，周永寬等四人更是把王仲彬視爲眼中釘，上、下課時總故意找碴，連帶田克平也遭殃。

不過田克平很滑溜，看到那四個人就會提早預防，例如馬上閃人、躲在教室內、躲進廁所，半天不出來。

但在教室內，四個人還是會在適當時機惡搞他兩人，像是伸腿絆倒、甩筆時不小心噴射出來、一個不注意，撕破了兩人的作業簿……

總之，不管是老哏還是新點子，那四人就是不斷製造事端，甚至警告他們，如果跟班導和訓導打小報告，下場會更慘。

無論如何躲閃，霸凌組若有意找麻煩，總會逮到機會。

例如有一次，快上課了，應該比較少人，田克平和王仲彬相約去廁所，宋大武看到了，便夥同阿寬等四個也跟去廁所。

兩人走出廁所，躲在外面的四個人忽然現身，一個拿樹枝、一個提水桶、一個握掃把，周永寬發出一聲長笑，一個先潑水，接著樹枝、掃把齊下，同時喊道：

「哈哈……棒打落湯雞。」

「落湯雞，呵呵呵。」四個人狂笑一陣，便揚長而去。

次日，田克平請病留家，說是感冒了，王仲彬依舊到校上課。看他落單，下課後，回家路上，那四個人選在一處偏僻的公園堵他。

「你們為什麼要一直這樣？」王仲彬不勝其煩地問。

周永寬縱聲狂笑，宋大武替他發話：

「因爲被訓導訓了一頓，讓我們很不爽。懂嗎？」

王仲彬想辯解，卻換來高清風、劉基四個巴掌。王仲彬的兩腮紅腫起來，勉強忍住不回手，轉身欲走，但宋大武、阿寬一前一後，各堵一邊，使王仲彬的忍耐力逐漸削減，他炯然雙眼瞪住前面兩人，又環視身後逼近的兩個。

「怎樣？看你這臉色，唉唷，我好怕唷。」宋大武故作姿態，還提起上回跟王仲彬幹架的事，最後挑釁著：「今天做個了結，如何？放膽過來呀？」

話未說完，宋大武驀地伸手，重擊王仲彬左肩胛。王仲彬咬緊牙根，手伸入褲袋，握緊微軟的小黑片，考慮要不要出手。

原本微昏的天色，倏地整個晦暗下來，周圍榕樹鬚根被陣陣陰風颳起，發出婆娑怪響。

五個人同時抬頭盯視天空和周遭老榕。周永寬冷然撇著嘴角，上前伸腿踢王仲彬膝蓋下的小腿，王仲彬沒有防備，吃痛地蹲下身，其他三個人也上前，就要出手……

忽然王仲彬褲袋口冒起一縷黑煙，繞著他打轉，同時黑煙往外噴冒，攏住圍上來的四個人。四人頓覺雙腮一陣刺痛，慘叫一聲，連連退開。

黑影乍然消褪，凝聚成人形，悄立在老榕樹底下。

在場的人全都愣住，包括王仲彬。只見霸凌組四人，一共八片腮幫全數瘀青，個個壓住腫脹的鼻梁。

看到阿寬也不可免地跟自己一個模樣，另三個人忘記疼痛，竟然發出訕笑。

向來爲首的周永寬哪堪如此受辱，一股氣焰就發向王仲彬，他衝上前，凶戾地拳腳並用，完全忽略了老榕樹下那團人形黑影。

那黑影倏地飄上前，伸手抓起周永寬，兩三下將他四肢扭斷、撕裂，把只剩身軀、淒厲慘嗥不已的人順手一丟，霎時，周永寬身上血水如噴泉激射而出。

他的手下三個人見狀，沒人敢出聲，震驚又駭異地隨即作鳥獸散。

怵目驚心的紅艷血液染紅了泥地、老榕樹，也映紅了王仲彬的眼睛，他不可置信地瞪大眼，忘神地死盯著這一幕，心底浮起的，只有一個字：爽！

不一會，暗懵天色恢復原狀，稍稍有點天光，同時也點醒了王仲彬，他這才想到——快跑！

次日，田克平一早到校，發現周永寬等四個人都不在座位上，立刻向王仲彬打個暗號，兩人一前一後，又到籃球場角落見面。

田克平滿臉喜孜孜地掏出一疊鈔票，遞給王仲彬。王仲彬瞄了一眼，估計這疊鈔票起碼有上萬塊，於是臉色暗沉、嚴肅地反問這是幹嘛。

「分紅。」田克平喜上眉梢，「告訴你，我昨天沒來學校，其實是去買了刮刮樂！嘿呀，一刮就中十萬塊，這算是小獎。下課後再去簽樂透，這個，你先拿著用。」

王仲彬濃眉微攏，搖頭不肯接。

「快收下！你知道嗎？我把羅經送還給廟公，也包了個大紅包當謝禮。」

神采飛揚的田克平說完，才發現王仲彬臉色不對勁，問他怎麼了。

「死人了。你沒發覺，阿寬他們四個人都沒來學校？」

接著王仲彬道出昨晚在公園的那一幕，聽得田克平猛眨細小眼睛，但聽完後，他反倒笑歪了。

「哈哈……我就說嘛，攤販阿伯很靈驗的，你還不相信？」

王仲彬再次把田克平塞過來的鈔票推回去，憂心地說：

「周永寬死了，就死在我眼前，其他三個也不曉得怎樣了。我可能要償命、會被關，這些錢對我來說沒有用。」

「笨啃！我問你，是你下手殺他的嗎？劉基、宋大武、高清風都看到了吧？」

「要是那三個人也死了呢？」

「這個……」田克平頓了一頓，又開口：「那就是死無對證，跟你一點關係都沒有！」

可能因事不關己，田克平說起話來竟頭頭是道，還一派輕鬆。

王仲彬濃眉依然深鎖，他昨天一整夜都沒睡。

「我不願意這樣，沒想過會變這麼嚴重……還有，我回家後，一直找不到那塊小黑片。到底是怎麼回事？」

田克平想了想，口吻輕鬆地接話：「你想太多了，據我媽聽到的傳說，那個……『鬼市』來的孩子施繼凱應該回去了，不留一點痕跡。我猜，你的小黑片也回『鬼市』了。不然這樣吧，有機會我們再去『鬼市』走一趟。」

王仲彬斷然回絕，說他不想也不敢再去。

田克平可沒他那麼頹喪，他晃了晃小黑片，「看吧，我還有很多發財機會，你也別過於擔心，也許事情沒有你想的那麼嚴重。要不，還有個辦法，我可以提供資金，讓你逃亡。」

王仲彬瞪他一眼，懊惱又生氣，「都是你想的爛點子。看我該怎麼辦。」

過了三天，高清風、宋大武、劉基終於出現在學校。看到那三人，王仲彬稍稍放下心。

第一節課，班導臉色陰沉地走進教室。

「各位同學，我很遺憾地要向各位報告一個壞消息。我們班上同學，周永寬，去世了！」

王仲彬一顆心再度懸上半空中，阿……阿寬真的死了？三個人會指證害死阿寬的凶手嗎？

王仲彬偷眼溜望那三人，只見他們都俯低著頭，完全沒有搭理王仲彬和田克平。教室內，安靜得好詭異。

「事情發生在三天前，那天他跟班上幾位同學一起下課，所以我們有目擊者。」班導頓了頓，接口說：「現在，請宋大武同學上台，向各位同學說明當天的細節。」

王仲彬心口喀噔地跳了一大跳，差點忘記呼吸，坐前座的田克平回頭看一眼王仲彬，立刻又轉回去。

宋大武雙腿無力地拖著身軀，緩緩站上講台，眼白佈滿血絲，聲音低沉地道出……

那一天，他們四個一起下課，先去飲料店坐到天暗了才回家，經過十字路口，突然右邊一輛搶黃燈的小轎車疾駛而來，把走在最前面的周永寬撞飛，他翻了一圈，呈大字形摔到同方向的馬路中央，因為這方向是綠燈，加上天色暗了，一來、一往兩輛呼嘯而過的車子瞬間而至，一輛輾斷周永寬的右臂、右腿，一輛輾斷阿寬的左臂、左腿，而他殘餘屍身，只剩下頭部黏接著身軀……

宋大武、劉基、高清風見狀被嚇懵了，向學校請了兩天假，看醫生兼去廟裡收驚。

田克平又轉回頭，與王仲彬四眼相對，兩人臉上的表情俱是出乎意料。

宋大武說完，步下講台之際，坐在教室門口第一個座位的同學突然站起身，望著教室門外，驚懼地大喊一聲：周永寬！

班上所有同學一齊循聲望向教室門外，不見任何人影。班導由門外收回眼，對著這位同學碎碎唸說不要亂喊。這位同學不敢回話，也不敢坐在原座位上，退回第三個座位，跟他的好朋友共擠一個座位。

這只是一個小插曲，同學們很快就恢復原有的活潑與好動。下課時，有幾位同學調侃這位同學，更有人笑他是不是有陰陽眼？看得到那種東西？

忐忑的一天很快過去，下課後，高清風、劉基兩個人輪值打掃教室外的公共場所，那是地處偏僻的校園角落，有幾棵高大的榕樹，樹根、樹鬚垂掛下來，加上天即將黑了，看起來陰陰暗暗的。

宋大武並未輪值，他是陪客，三個人都沒有出聲。他坐在行道上一把鐵椅子上，原本帶著三分凶戾的臉，這會呆愣地仰望天空，不知道在想些什麼。

忽然他眼尾掃到榕樹的枝幹，有個空隙當中，出現微微擾動……他轉眼望去，忍不住叫了一聲！

正在打掃的高清風、劉基聞聲看了過來，循著宋大武眼光，仰望著榕樹頂端，什麼都沒有啊？

「你幹嘛？」劉基出聲問。

宋大武抬手，指著榕樹頂，他的手劇烈顫慄著。劉基放下掃把，往人行道走過來，高清風也放下掃把，跟著過來。

終於，三個人都看到了！

榕樹枝幹間，出現一張臉——竟是周永寬！

只見它臉上血水橫流，張大眼，嘴巴上下蠕動不已！劉基首先擠到宋大武身邊，高清風有樣學樣，擠坐到另一邊，三個人擠成一堆，瑟瑟發抖。

周永寬的臉，下一秒由榕樹葉隙往下溜，停在榕樹下。那裡更陰暗，視線不甚清楚，可是他們看到周永寬除了頭、頸脖，直到身軀之外，臂膀和雙腿皆充斥著樹葉。它平伸出右手，向三個人招了招，幾片樹葉便隨著動作，向下飄落。

三個人擠得更緊，不一樣的臉孔，卻同時有一樣的表情：滿臉驚愕、瞪大眼、張大嘴，一起搖著頭。

周永寬嘴巴又蠕動起來，它發出的聲音，竟然跟它的嘴對不上，可是三個人卻都清楚聽到它的話：

「爲什麼不說實話？凶手是王仲彬呀？」

三個人沒敢接話，周永寬又叨叨說：

「我死不甘心！聽著，你們去找他，把他打死，聽到沒？把他打死！」

再說另一頭，王仲彬和田克平扛著書包一起踏出教室，準備走學校的後門出去。走後門勢必會經過這塊區域，兩人一面走，一面討論著宋大武等三人爲何沒說出實情？難道是害怕他們霸凌的事件曝光？還是有其他什麼原因？

「欸，聽你談起那天在公園的事，我很好奇耶，你那塊黑片呢？」

王仲彬掏出來，遞給田克平，低聲說：「找到了，在我口袋內。好想把它丟掉。」

「你傻瓜呀？」田克平撫弄著黑片，驀地揚聲：「我們費盡心機、豁出小命，才得到這塊黑片。它會保護你耶。我那塊黑片可是圓滿了我的心願呀。」

「不，不要呀……」前面突然傳來高吼聲浪，還摻雜呼救聲。

王仲彬和田克平聽了，想都沒想，馬上撒腿跑向前。兩人穿出迴廊、轉過一大片草圃，看到前面人行道邊的鐵椅上，宋大武縮著腳，整個人只靠雙手緊抓住鐵椅。

而高清風、劉基就像被一隻無形手拉住背後衣領，雙雙被往後拉向榕樹，劉基一面掙扎，一面掉淚。

田克平見了，原本想不理睬，但王仲彬卻跑了過去，「什麼事？發生什麼事？」

跑近之後，王仲彬才發現兩人頸脖上被一撮榕鬚纏緊、拖曳著，榕樹下傳來淒厲寒鬼聲：「嗬嗬！眞好，都來了？我一併收拾。」

王仲彬凝眼望去，赫然看到形態猙獰的周永寬一個躍高，向自己直飄過來。

在此同時，劉基和高清風頸脖頓然一鬆，兩人立刻反身以狗爬式爬向人行道上。王仲彬措手不及，脖子一下子被掐住，他掙扎地拳打腳踢，卻全都落空，打不倒也踢不到對手，而脖子愈來愈緊，使他的臉漲得通紅。

正危急時，田克平手上的黑片突然冒起縷縷黑煙，竄向榕樹下。黑煙變成人形，團團圍住周永寬的殘魂，周永寬發出邪魂惡鬼的咆哮嗥哭。

所有人都驚呆了，宋大武滾下鐵椅，飆高聲音大喊：

「快跑！快跑啦——」

瞬間，幾個人跑得比風還快，樹下、人行道霎時乾淨溜溜。

學校從此恢復了平靜，它……周永寬沒有再出現，宋大武、高清風、劉基三個人還是常聚在一塊，不知不覺間以宋大武爲首，他們自取封號爲三人幫。

他們依舊我行我素，聚在一起，但大都只是規規矩矩地喝飲料、小聊著，表面看來，他們似乎改變了行徑，不再霸凌同學，也沒看到他們做什麼壞事。

在那三人心裡，應該有點感謝王仲彬替他們解圍，因此對王仲彬和田克平的態度宛如兩道平行線，互不干擾。

田克平和王仲彬也逐漸鬆懈下來，兩人私底下曾討論過，認爲三人幫已徹底改過自新，這可是一個好現象！

就因爲這樣，使王仲彬改變了對黑片的惡劣印象。他把黑片當成了護身符，不但隨身攜帶，還妥善保管。

這一天下課後，王仲彬走出教室，田克平追上去，喘著氣問：

「家裡有事？急著回去？」

「嗯，下周要考試了，回去看書。」

「呵！你什麼時候這麼用功？」田克平要笑不笑地露出酒窩。

因爲王仲彬想到，如果再這樣混日子，畢業後能幹什麼？家中經濟讓他早已打消升學意念；想找工作，又身無一技之長，要做什麼？主要是，他爸爸讓他沒有安全感！

但他沒說出來，畢竟這是他不想道出口的家醜，遂反問：「有事嗎？」

田克平閃閃細眼的精銳眼芒，遲疑地說：

「嗯……我跟我媽約好，等一下要去簽大樂透。」

「什麼？你、你還在賭？」

「什麼賭不賭啦，別講得那麼難聽。這可是我冒著生命危險求來的阿財黑片，當然要得到足夠的代價才能放手。喂，話說回來，那片阿壯黑片，只是應你所需，替你出力辦事。我猜可能事情都辦妥後，黑片期限就算到了。」

「是嗎？」

「嗯，記不記得？攤販阿伯說過，黑片期限到了，就要付出代價。」田克平比手畫腳地又說：「黑片幫你解圍，你已經得到代價了，也就是說期限到了，黑片力量就消失了。」

他說的好像有道理，可是又有些不對勁。

「告訴你，我就是不曉得我的阿財黑片力量何時會消失，才要趕快掙錢啦。」

「你不是常買刮刮樂、威力彩什麼的，也中了不少的獎。」

「呸呸！那一點小錢哪夠啦？」

王仲彬訝異地看他，浮起疑問，「不然多少才夠？」

「呵呵……我媽說，起碼也要中個幾億。你想，我家需要買間大樓，需要買部車子，還有其他零零總總的開銷，哇！算算，幾億還不夠哩。」

「你……你家才幾個人而已，要多少開銷？」

田克平豎起四根指頭，「我爸媽、我、妹妹，四個人。問題是，我爸現在沒有工作。」

「咦？之前我聽你說，你爸在做什麼……？」做什麼王仲彬也忘記了。

「哎，你不懂。我爸在中央工廠當廚師，一個月才幾萬塊，錢少、工作又辛苦，他的希望，全在我的阿財黑片上。」

「哎，那不可靠呀。你們之前雖然賺的不多，不也安穩地過了十多年？」

「齁，你眞的不懂。我本來想邀你一起去簽一張的，要不，買一張刮刮樂也好，或許你比較幸運，能刮出大獎。」

王仲彬忽然笑了，「要是我眞的刮中大獎，錢算誰的？」

「欸，好問題耶。」田克平頓住了。

田克平完全沒想到這個。只因上回去夜市，他發現王仲彬磁場比他強，靠王仲彬才得以找到「鬼市」。之前買的彩券或刮刮樂，雖然多少有中一些，但最近他跟媽媽去買大樂透，大都摃龜，他媽媽才出這個主意：何不讓王仲彬試試手氣？

但是萬一中了大獎，問題更大。他想了想，馬上打消念頭說：

「算了，不跟你說了啦。我趕回去。拜拜。」

看他腳步急促離去，王仲彬搖搖頭，兩人分手各自回家。

踏入家門後，王仲彬就聞到一股濃濃的酒臭味，接著看到他父親醉醺醺地仰睡在沙發上。

自從找到了大樓保全工作，父親雖然也喝酒，但這段時間不曾喝得這麼爛醉。今天爲什麼會……？

王仲彬攏聚濃眉，上前拉起父親，醉眼朦朧中，他父親喃唸著：可惡，可惡，我改了很多，都很少喝啦，他們還虧我，哼！要在以前，我……

「爸，你去床上睡啦。」王仲彬打斷父親的低喃，煩躁地提高音量。

「什……什麼？你……喔，阿彬？」

他父親認出了是兒子，瞬間引爆了往昔的暴力傾向。他用力把王仲彬推開，王仲彬一個不防，整個人往後跌去，身體撞到椅子，又摔倒在地，疼得唉唷大叫。

他父親酒醒了泰半，白日受到同事的氣，一股碌就想散發出來。他舉拳撲向王仲彬，但又站不穩，整個人壓向王仲彬。王仲彬提高聲量開口喊疼，想喊醒他父親。

就在這時，王仲彬口袋裡冒出一縷黑煙，旋轉著並加粗，形成一個人形黑影。

怎……怎會這樣？

王仲彬這一怔忡間，他父親已爬起身，握緊雙拳，就要出手狠K他，說時遲、那時快，黑影瞬間飄上前，團團攏住他父親！呆愣住的王仲彬，眼看父親和黑影糾纏在一塊，如旋風般扭轉著，父親馬上發出哀聲慘嚎，接著一人、一黑影旋出客廳，消失在門外。

呆了好一陣子，王仲彬回過神，連忙奔出客廳，外面安寧得過度詭異，巷口傳來車子的尖銳刹車聲！王仲彬轉衝出巷口，一輛大卡車絕塵而去，地上躺著一具沒有頭，血肉糜爛的破碎屍體。

入目之下，王仲彬心口倏然涼了半截。

接下來每隔一段時間，田克平總有好消息傳來，說他一下子簽中第幾獎，一會又刮中幾千、幾萬塊。

剛開始，王仲彬還有接他手機，但他都不說話，聽完田克平的喜訊，便默默地按掉手機通話鈕。

過了兩天，田克平再也忍不住，終於跑來王仲彬家。他按了好久、好久的門鈴，門一開啓，乍見開門的人，令田克平嚇了一大跳。眼前這個人，哪像是他以前認識的王仲彬？

才幾天而已，王仲彬整個人瘦了一大圈，鬍碴冒出來、頭髮亂糟糟，活脫脫是個流浪漢，不！比流浪漢更邋遢。

「你、你出了什麼事？都沒來學校？班導讓我來你家問看看。」

王仲彬步伐不穩，幾乎是用飄的，抽身進去，田克平跟著走入，看到客廳角落的白布供桌上面有王父照片，吃了一大驚，結結巴巴地追問怎麼回事？

王仲彬像個木頭人，麻木地談起三天前跟田克平分手，回家後發生的事情。

他事後才知道，父親在值班時間又喝酒，被大樓保全主管發現，臭罵了一頓，而他父親跟人頂嘴後，喝得醉醺醺才回家。

之後……父親要打他，黑片的黑影人形出現，把他父親捲出巷口，再被計程車撞得身首分離。

田克平手上握住那塊阿壯黑片，小眼睛更細小了。他皺著眉頭，期期艾艾地說：「這……這個，跟它弄死周永寬的模式，是一樣的？」

王仲彬不語。

「它……它難道不會分辨……你跟伯父是親人？不該這樣對付親人呀！」

「你看，它只是一個黑色物體。」王仲彬聲音帶著苦澀，「它沒有思考能力，只是『鬼市』裡的邪惡東西。」

田克平臉都縮皺成一小團，小眼閃了閃，一直搖頭。王仲彬接口說：

「你說攤販阿伯說過黑片有期限，期限到了，就是代價。」王仲彬低眼看著小黑片，「還要死多少人，期限才會到？這個代價，太大了。」

田克平囁嚅地動動嘴，卻說不出話，也不知道該說什麼。

王仲彬深吸口氣，抬眼炯然地看著田克平，「我們一起去『鬼市』，把黑片送回去吧！」

田克平差點跳起來，橫臉揚聲道：

「送回去？你瘋了？我媽一直抱怨說，為什麼都只中小獎，最多那一次就十萬塊而已，哪算得上什麼阿財黑片？」

王仲彬眼光冷冽地問：「不然，你到底想要多少？」

田克平豎起一根指頭，臉上出現彩光，「我媽的理想最少也要一億以上，最好是幾億；甚至更好的是，十幾億！」

王仲彬聲音恍惚地道：「你，回去，跟你媽說我的例子，早點清醒吧。」

「喂喂，你沒想過嗎？我們的願望不一樣。看，我這塊黑片跟你的不一樣。這表示什麼？告訴你，我的黑片期限尚未到期，懂嗎？」

接著田克平振振有詞地繼續說著，替自己打圓場，依然拒絕送回黑片。

「想想看，我們能得到黑片是我們的福氣，想送回去，未必就找得到『鬼市』。」

王仲彬始終都靜靜聆聽，他很清楚田克平不到黃河不死心，說什麼都是多餘。

所謂道不同，不相爲謀。

田克平呼口大氣，走到供桌前，從口袋掏出一疊鈔票，置放在供桌上，然後向王父合掌一拜。

「伯父，我很遺憾發生這種事，請您保佑我中大獎，有了錢，我會照顧仲彬。我發誓，一定待他如兄弟一樣，請您放心。」

說罷，田克平拍拍王仲彬肩膀，轉身走了出去。

王仲彬乍地起身，抓起供桌上鈔票，追向田克平，硬塞還給他。沒人不愛錢！問題是，王仲彬已認清黑片的恐怖、邪惡，不想跟黑片有任何瓜葛。

他走進家裡，闔上大門，再也忍不住悲從中來，眼淚似水庫洩洪，還有大慟的哭聲……

不知哭了多久，哭到筋疲力盡，王仲彬臉上淚水未乾地點了蠟燭，點上香，向王父祭拜。他插好香，拿出黑片，放在蠟燭上開始燒毀。看著那起火、捲曲起來的黑片一點一滴燃燒殆盡，仍然無法抑止心中那股深深的悲切。

身心由頭到尾，全是苦澀。雖然他爸爸暴力又酗酒，但終究是他勉強可以依靠的人，現在呢？只剩自己孑然一身，茫然的以後，他該怎麼走下去？

整理家中瑣事、收拾父親遺物時，王仲彬意外發現父親居然有一筆保險，受益人竟然是自己！

看到保險單受益人是他，又讓他傷懷地哭了好一陣。畢竟是父子，即使暴力又酗酒，但父親的心中，還是有他呀！

王仲彬瞬間長大了。他跑了幾趟銀行，領了保險費，處理掉父親的後事。冷靜些後，他思索著，還剩一筆小錢，暫時可以維持生活。他計畫好歹把這學期唸完，然後找個工作，什麼工作都行，只要能養活自己就好。

再回學校，他恢復往日的習慣，獨來獨往，沒有同學、沒有朋友，對田克平也刻意拉開距離。

班導知道了王仲彬的困境，立刻伸出援手，勸他繼續升學，至少拿到高中文憑，找工作比較方便。班導還四處奔波，爲他辦理助學貸款，同時替他找到課餘的工讀機會，再加上父親餘留的那筆錢，令他生活上暫時無缺。

因此，王仲彬更加珍惜讀書的機會。

一天，王仲彬上晚班工讀，忽然接到田克平傳來的簡訊，語意興奮極了，說他媽媽眞的中獎了——中了七億的特大獎！想要恭喜他的話，今晚下了班，去他家一起慶祝，他還好意叫王仲彬以後不必打工，他要負起王仲彬生活上的所有開支，還願意供他唸大學。

看完簡訊，王仲彬面無表情地刪掉了。

之後，田克平卻一直休假沒來上學。

一個多月後的一天，第一節課，班導紅著眼眶說，今天早上，田爸爸到學校找他，談了許多事。

停頓了好一會，班導才掏出紙巾，擦拭著兩眼，向班上宣佈另一位同學——

田克平的死訊。據說他媽媽買了一部新機車給他，他晚上騎著機車，因車速太快，自撞安全島，當場失去生命跡象。

因爲他是獨生子，他媽媽受不住這個打擊，竟然發瘋了。

聽到這個訊息，耳朵傳來幾位同學窸窣低泣聲，而王仲彬似乎徹底麻木了。他淡然轉頭，望望窗外，幾朵白雲悠悠掛在天空，宛如田克平的樣貌：眼睛瞇成兩道彎月、兩頰露出兩顆小酒窩的笑容……

生活步入常軌後，王仲彬忽然想起，之前忙亂時，好像曾碰到一些狀況，只是他沒分心多注意，也沒多想是什麼事。

他的打工時間都安排在課後，因此都上小夜班，這也是班導跟超商店長商量好的。

今天客人不多，眼看下班時間快到了，王仲彬開始收拾自己的物品，忽然眼尾掃到玻璃門有一道影子，似乎想進來，卻又踟躕不前。

他轉頭、抬眼看去，什麼都沒有哩？

他回頭繼續整理東西，「叮咚！」門口這聲音表示有人要進來，他不經意再抬眼望去，還是看不到有誰進來，而且玻璃門也沒開。

他就這樣停頓，盯著門口。這時玻璃門依然緊關著，一道黑影卻直接穿透玻璃門進來，然後消失了……

剎那間，他想起來了，對！就是黑影，在辦理父親後事時，他每每睡不好，模糊間，感到被壓，壓得喘不過氣；他奮力掙扎、轉個身，壓力消失了，可是身上依然有……輕微冷冽感。

然後有一天，他又遇到這狀況，掙扎時，他微張開眼縫，瞄到一坨黑影。他嚇了一跳，整個人清醒過來，瞪大眼再看，黑影又不見了！

那時他沒想很多，但是眼前這黑影，燃起了他的記憶！

呆了一會，門響起「叮咚！」聲，王仲彬馬上望去，噢！是大夜班的小歐。

「嘿，都沒人？」小歐揮揮手，走近櫃檯。

王仲彬注意到他口中這樣說，可是一雙眼睛宛如橫掃千軍般，又疾又快地瞄著店內，包括櫃檯頂上天花板的監視器。

這時王仲彬已收拾好，拎起書包，走出櫃檯，幽默地說：

「沒人才好，方便你打瞌睡。」

「喂喂，別亂講，你哪裡看到我在打瞌睡了？」

說著，小歐又抬眼看一眼監視器，王仲彬跟著轉去看監視器。

就在這時，他看到一團背影……還是黑影？影子是深灰色，乍看很像穿著灰色衣服。可是，會有人穿著上下都是深灰色衣褲嗎？那人就站在靠牆的飲料架前。

小歐看到王仲彬臉上的怪異表情，他靠近向前，低聲問：

「你……也看到了？」

王仲彬倏地回望他，壓低聲音反問：「你常看到他嗎？」

小歐點頭，王仲彬突然明白為什麼之前小歐常有這個舉動——抬頭看監視器。

「是常客吧？夜貓族。」王仲彬又問。

小歐偏著頭，點頭又搖頭。王仲彬被他搞糊塗了，看他欲言又止的，王仲彬說：「喂！是男人就別吞吞吐吐。有話快說，有屁快放。不然，我下班走人了。」

「好好好，你走人，趕快下班吧。」小歐忽然變得很爽快。

聽他這話，王仲彬反倒不走了，把書包放到櫃檯上。

「你先說清楚，我才下班。」

小歐點頭，又看一眼監視器，才把王仲彬拖進櫃檯內低聲說：

「告訴我，你剛看到的影子是黑色？還是深灰色？」

王仲彬眨巴著眼，「什麼意思？」

「你先回答我的話。」小歐很堅持。

「嗯……深灰色。怎麼了嗎？」

「我記得你說過，不久前，你父親……去世了？所以你才來打工賺錢養活自己？」

王仲彬點頭，他確實這樣介紹過自己。

「那、你看清楚，這道影子，像不像……你父親？」小歐愈講愈小聲。

王仲彬舉手，不輕不重地巴小歐的頭，「我爸已入土爲安了，是我親手安葬的，好嗎！他怎麼會出現在這裡？別亂講！」

「我沒有亂講，我聽老一輩的人說過，親人亡故後，捨不得離開，常會跟隨他最在意的人。你家只剩你一個人，我猜伯父捨不得離開你。」

王仲彬皺著眉頭，別人他是不知道，但就憑他父親酗酒、常常對他施暴，要說他父親捨不得他，他絕對不相信，不可能！

小歐閃著眼神，愼重地望著王仲彬，好一會，他才說：

「你介意聽實話嗎？」

「你很囉唆耶？難道有人喜歡聽謊話？我下班時間都被你耽誤了，快說，我還得回家寫作業。」

小歐輕一點頭，又看一眼監視器，俯近王仲彬，聲音也放低：

「看，他消失了。」

王仲彬跟著瞄一眼，果不其然，深灰色影子不見了。

「每天，你下班時，那個人都跟在你後面。他在店裡時看起來是深灰色，跟著你出去後，影子就變黑色。」

王仲彬剎那間變了臉色，口氣很不好：「你故意嚇我？」

「我發誓，這是眞的。絕沒有騙你。」

「是眞的嗎？你多久前看到的？」

「你來上班後的第二天開始，我幾乎天天看到他跟著你回去。」

小歐說完，王仲彬一語不發便扛起書包，轉身踏出店門外。

他對於小歐的話半信半疑，還故意繞到側面，這裡是座位區，他從窗口看著小歐，發現小歐仰頭看監視器，又轉望門口，接著臉色微變。

王仲彬又望向店門口，沒人進出，也看不到玻璃門打開。他轉身拖著疲累腳步，往回家路上走，而忐忑的心讓他的思緒一路風起雲湧。

這陣子，他已習慣家裡只剩他一個人，整理、梳洗結束，他也懶得再寫作業，躺到床上，滿腦子還在想剛剛的事。

要說不信小歐的話，今晚他明明看到了那道黑影，直接穿入沒有打開的超商門，可是他能確定，那不是他父親！

那麼，除了父親以外，黑影是誰？

還有，小歐說黑影跟他回家，他雖然不願相信，卻曾在半夜被黑影壓醒過來。

王仲彬睡不著，思緒跟著身體一樣翻來覆去、覆去翻來，還聯想難道黑影是他認識的人——周永寬？田克平？

不，他們沒事跟著自己幹嘛？再說，黑影的樣貌，一點都不像是他認識的人呀！

在一片紊亂中，王仲彬不知不覺入睡了。不知睡了多久，右半邊被一陣寒冽氣息給冷醒過來。

他瞇眼看著自己右邊臂膀……嚇！整條臂膀是黑色的！

他大吃一驚，用力抖甩手臂、同時彈跳起來，並且按亮燈光，放眼檢視自己。

沒錯，黑色物還是緊緊黏貼著。他低頭看，循著右手臂、右邊一半身軀連同右腿，整個都黏著黑色物！

他跳著、甩著、踢著，甚至把自己右手臂整個往牆壁撞，發現輕撞沒有用，他一連撞了幾次，一次比一次重，撞得他臂膀痛得要命、頭也暈眩不已。

「沒，有，用！」一個詭異陰晦突然低聲傳來：「白，費，力，氣。」

「誰？誰？出來！有種出來，躲著算什麼啦？出來！」王仲彬環視周遭，驚恐雙眼佈滿血絲，不知是沒睡好或是太害怕引起的。

「喀，喀……喀，喀喀……」陣陣怪響由自己身上傳來，就像是骨頭斷了的脆聲。

王仲彬更是嚇得不可名狀，他左手摸著右手，一路往下摸，右邊肋骨、大腿、小腿，都沒有痛楚感，也不像是自身骨頭斷了的跡象。那一大片黑色物，依舊無解，不曉得是什麼怪東西。

他喘著大氣，拉開身上衣服，發現黑色物好像只是一層薄膜，覆蓋在衣服表面上，衣服裡的身軀還是原來的皮膚色。

他脫掉上衣，唉唷！黑色物變成黏在胸口了！

想了想，他找出美工刀，準備刮掉黑色物，當刀口碰觸到這團黑色物時……

「等，等，一，下！」

詭異陰晦聲響，彷彿近在耳際，王仲彬嚇得手一滑，美工刀掉到地上。

接著他右邊身軀的黑色物自動從身上緩緩往右移，每移一吋，他的身體就恢復成原來的皮膚色，過了好一陣，黑色物完全移出他的身軀，臂膀、身子、整個人也恢復成原狀了。

王仲彬看著地上那灘黑色物，氣急敗壞地上前，伸腳用力踩踏著這團黑色物。

「痛，痛，痛。別，踩，再踩，我，就，上，你，身。」

這會確定了，詭異陰晦聲響正是從這一坨黑色物傳來的。王仲彬當然不敢再踩，退開幾步，審視著它。只見它筆直往上冒，升到王仲彬膝蓋處上方，驀地彎過來，迅即黏上王仲彬的膝蓋後面凹處；王仲彬甩動小腿，還是無法擺脫它，頂多讓它稍稍移位，移出王仲彬的小腿，變成在他膝蓋以下，多長出一條黑腿。

這團黑色物，很難形容它，看來像黑影，又像橡膠，可是摸它時，又摸不出實質上的觸感。它有如整片都是吸盤，會吸附在人身上的任何部位。

「什麼鬼東西啦！幹你的、骯髒又噁爛……」王仲彬忍不住飆罵起來。

「嗬嗬，你，再，罵，我，再，黏上，你，身、臉上。」

「你給我出來，面對面說清楚，你是什麼東西？怎麼會進入我家？爲什麼要貼上我？」

王仲彬口氣變軟了，不敢再飆髒話，膝蓋處的黑色物在蠕動，他可以感覺到膝蓋後部傳來搔癢感，就像皮膚生癬，令他不禁扭回頭望著後凹處。

忽然，黑色物橫向伸出一隻黑色的手，張開手掌，雖然手心也是黑色，但王仲彬卻清楚看到，那手上由中指根部裂出一道白色傷痕，直達手腕……

他當下一震！

這手掌上的傷痕，他很熟悉，是他父親的手！

王仲彬國二那一年，在一個深夜裡，父親醉醺醺地顛回來，路上好像跟人起了衝突還是怎的，他回到家後踢醒王仲彬，而父親走過的地上蜿蜒著一道血路，王仲彬仔細一看，父親右手掌滴著血，只因他喝醉麻木了，才絲毫不感到疼痛。

王仲彬被嚇壞了，跟父親推擠、纏鬥好一陣，父親終於醉倒、睡著，他才倉促地找出一綑紗布，把父親受傷的手掌整個包覆住。

因爲王仲彬沒碰過這種事，也不會處理，傷口沒有去縫，導致手掌留了一線醒目的淡白色裂縫。

後來，父親在沒有喝酒、清醒時，總會審視著右手，久久、久久……

他在炫耀？或是緬懷？還是故意向王仲彬示意？他想表達什麼嗎？

王仲彬始終搞不清父親心裡在想些什麼。

「爸！你……是爸爸……嗎？」王仲彬攏聚著眉心，忘情地叫出來。

黑色手掌顫抖不已，接著縮起手掌，握起拳頭，遲緩地縮回黑色腿裡。

「爸，你想跟我說什麼？」

王仲彬一面問，一面不自覺地掉下淚。

怪的是，剛才還能簡單說幾個字的黑色物，這會好像啞巴了，完全沒有回話，也沒反應。

不管生前是如何交惡，畢竟還是有父子之情，王仲彬哭得久了，整個人都軟癱過去……

再醒過來時，天已經亮了，身邊已沒了黑色物。他依然迷迷糊糊的，出了一會神，才想到今天是周日，不必去學校。

他想起還有課業沒完成，決定先寫作業，晚上再去超商打工……又忽然想到有件事，一定要今天完成！

輕吸口氣，他跳下床，挑了件衣服，套上外套就出門。他先去吃過早餐，接著搭車，過了快一個鐘頭，終於到達目的地，然後在附近一家商店買了鮮花、香、金紙，再去搭往山上班次不多的小巴。

要搭小巴的人不多，大約只有三成乘客，小巴沿著彎彎曲曲的山路，到了山上的墓園，已接近中午了。

此時並非清明節，來墓園的人不多，兩個多月前，王仲彬把父親的骨灰甕送上了公有墓園。他記憶猶新，照著之前路徑，很快就站在父親的骨灰甕前，放上買來的供品。他雙手拿著香，向父親禱告一番，然後掏出兩個十元硬幣，當作筊杯，開始跟父親交談。

他先向父親報告近況，說已領到保險費，本來計畫高中畢業就好，不想念大學，但班導鼓勵他繼續讀書，還幫他找了工作，接著他問父親，昨晚是否回家了？有什麼事要交代他？手有沒有好些？

這方面一點經驗都沒有的王仲彬，不問還好，一問之下，反而更糊塗了！

因爲，擲下去的硬幣，不管是人頭，還是梅花，兩個十元硬幣每次都是一樣的同一面。

無奈地試了幾次，他決定去燒化掉金紙。總覺得自己好像沒有把事情問清楚，就想著待會再重新問一遍吧。

哪知道，不管再問多少遍，感覺都是他在自言自語。徒勞無功一陣子後，他收妥當作筊杯的兩個十元硬幣，離開了墓園，還是一樣沒有釐清心中的疑團。

到站牌等車時，因爲多耽誤了些時間，王仲彬居然錯過了車，眼看下一班至少還要將近兩個小時，沒耐心等候，又看到時間還早，才下午三點多，遂邁開腳步，決定徒步下山。

這種地方若非來辦事或是清明節，有誰會來？

王仲彬往山下走了半個多鐘頭，轉了三、四個彎道，不只看不到半個人，連蟲鳴鳥叫都沒有聽到，不知躲到哪去了。

到底是他多心？還是此地原本就是這麼寂寥？才幾個月前，他捧著父親骨灰鐔上山時，好像沒這麼安謐？再一回想，那時他沒注意到許多，而且上山的不只他一個人，還有……

四下，闃無人跡、毫無聲響，再環視周遭，感覺自己離開塵世了？或是走在一切靜止的畫中？

王仲彬腳下不停，繼續往下走，又繞過一個彎道，走不多遠，咦？忽然有聲音傳來：「喀……喀……」

聲音輕薄，卻又清晰，好像是輕薄的小硬物被甩在柏油路上發出來。

他循聲望去，山路右邊倚著山壁，左邊出現一條岔道。王仲彬本是走在右邊，卻被聲音吸引，橫越馬路向左邊岔道走。岔道是另一條，也是往下的狹窄山路，山路一半，來個三百六十度大迴轉，就是一片廣場。聲音就是從廣場往上傳來。

王仲彬站在岔道口往下望，可惜被雜草、石頭、樹枝、樹葉遮住，視線無法彎曲，只能直視，所以看不到底層。

這時候，如果他懂些山精詭魅的事件，直接往回走，也許就沒事。

但是陣陣的「喀！」聲好像是一股股的催令符，具有致命力的吸引力。

到了狹窄山路一半，他看到了……一小塊黑色的，大小宛如隨身碟東西，被一下、又一下地往下拋，碰撞到岩石地，發出聲音，然後黑色小物又往上彈，再度被往下拋。

就像一顆球被人拍著，問題是，根本沒看到有人或有手在玩那塊黑色物。難道這塊黑色物具有彈力，自己在彈跳嗎？

莫名被吸引的王仲彬繼續往下走，一路到底，踏上小廣場時，才乍地看到一幅怪異景象！

這時五點多，雖然還有天光，不過此處算是山坳，光線陰晦不清，一道身穿黑衣的人影背對著王仲彬，伸出黑手，拍打著那塊黑色小物。

照理，以王仲彬一個高中生的年記，體能、記憶應該都很正常，可是，這時他的記憶似乎褪了色，整個人昏濛了，腦海中只能反應眼前所見。他往前走到黑影旁，側頭看……猛然發現，這不是黑衣人影，根本就是一個人形黑影子！

剎那間，尚稱微亮的天空一下子被黑暗吞噬，周遭變昏黑、暗懵。

王仲彬驀地醒悟過來，他撒腿轉身，馬上往後奔跑，跑了四、五步，膝蓋後面凹處傳出搔癢感。他低頭望去，嚇！三隻腿又現！他膝蓋以下，延伸多出一條黑腿！

別以為怪事都發生在暗夜，現在可是大白天欸，呃！不，現在已經是向晚的黃昏！

事實上，不管白天、黑夜，隨時都會有陰靈、鬼怪充斥在我們周遭，只是有些人看得到、有些人看不到而已。

王仲彬一下跳、一下屈膝、一下轉身、一下扭……只要能擺得出的各形各式動作，他全都做一遍，甚至不惜躺下去，翻滾在泥地上，一心要把藏在膝蓋凹的黑影甩除掉。搞了老半天，他身上汗水淋漓，還是不見成效。

「眞，是，不，記，取，教，訓。」

詭異陰森低語傳來，這不正是昨晚在家裡出現的恐怖聲音？王仲彬低頭看，黑腿消失了，也沒看到恐怖的黑影。他再轉頭……嚇！泥地上躺著一塊小黑片！

黑片讓他想起那塊被他焚毀掉的「阿壯黑片」，難道，「阿壯黑片」復活了？

想了想，他在心裡暗罵自己笨蛋。剛才看到小黑片在彈跳時，就應該想到的。

「當然。如果想到了，你，還會下來這裡嗎？」詭異陰聲傳來，不過它不再是斷斷續續，而是可以連貫，只是多添幾分寒顫。

王仲彬揚聲喊：「爸爸……你是……爸爸嗎？我剛剛上山祭拜，你沒有回應。」

「還不懂嗎？我，不是你爸。嗬……」

詭音響著，泥地上黑片往上升，在大約人身高的胸前停住了，接著黑片衍生出一團黑手，逐漸出現臂膀、肩膀、頸、頭、身軀、下肢，成了一道黑影人形，黑色的頭部搖晃著。

王仲彬滾動身軀，爬起來，連退幾步，瞪大眼，驚恐望住黑影，張著口，想自己眞的遇到鬼了，同時聯想到……

「我知道了，你幻變成我爸爸的手，誘惑我！」

「聰明，誘惑你來山上。」詭聲說：「看來，我眞找對人了。」

黑影向王仲彬走過來，伸出那塊小黑片。

王仲彬急急往後退，揚聲大喊：

「我不要！我不要這塊黑片。」

「你，燒掉『阿壯黑片』，犯了『鬼市』規約……所以該罰！」

王仲彬倒抽口冷氣，反問：「所以你來抓我？要我死？」

這時天色更暗了，伴隨著霧氣的山嵐，吹襲而來倍覺陰寒、冷冽，王仲彬不自覺渾身顫抖起來。

黑影又搖頭，「我沒說死，我說的是『罰』。」

喘了幾口大氣，王仲彬略爲放心，可是眼前狀況依然很糟糕，他輕聲道：

「跟鬼在一起，與死差不多了。」

黑影突然憤怒大吼，整個山坳響起的迴音，加上陰寒山風，更是讓人多了幾分心驚膽顫。

「我不是鬼，把這個拿去！」

黑片被遞到王仲彬鼻子前，王仲彬幾乎就是被逼迫接下小黑片，手顫抖得竟然把小黑片掉到地上。

「我沒有要你死，你怕屁？」

有那麼刹那間，王仲彬錯愕了。一隻鬼，會講人話「屁」這個字？這不是同學們之間常會喝叱、脫口而出的口語嗎？

「快撿起來，要是惹惱我，下一秒我不敢保證不會對你下手、捏死你！」

詭聲響著，兩隻黑色手臂，圈起做出捏死狀，但它沒有關節，看來就像卡通人物的軟手，滑稽又可笑。

王仲彬嘴線抿緊成一條，硬是忍住笑，腰彎到一半停頓住，反問黑影：

「先告訴我，這塊是什麼黑片？」

「阿生黑片。」

王仲彬鬆了一口大氣，只要不是原先那塊「阿壯黑片」就好。他拾起黑片，突然背後襲來一股寒風。他立刻轉回身，哇呀！黑影迫近他身後不到半呎，還繼續飄過來！

「不要靠過來。」王仲彬大喊著，連連後退，「鬼、鬼不要靠過來。」

「我說過，我不是鬼！」黑影再度憤怒地喊。

雙方相距足足有三公尺，王仲彬才有膽槓它。

「看你上下烏漆嘛黑，還有你這塊『阿生黑片』，分明就是死掉後變成鬼，到『鬼市』買到『阿生黑片』，想獲得再生機會，別以爲我不知道，很好騙！」

這時天色更陰暗，山風更強、更寒冽，黑影詭聲充滿淒厲、悲愴。

「我說過，我不是鬼！你耳背？」

王仲彬啐了一口痰，「哇哩咧……還會罵人，肯定是惡鬼！」

黑鬼影倏地飄過來，兩隻黑手掐住王仲彬頸脖。王仲彬想喊、想開口，卻發不出一點聲音。

黑手用力搖晃著王仲彬，導致王仲彬的頭前後、左右甩擺，他掙扎著，意圖掰開黑手，但摸不到黑手，觸感就只是自己的頸脖而已。

王仲彬被搖得頭暈目眩許久，黑手才放開，同時退後說：

「算了，如果不是有求於你，我眞的會掐死你。我的忍耐力有限。」

大口、大口猛吸氣，還咳了幾聲，王仲彬才能夠開口：

「好好好，那你總有名字吧？ＸＸＸ黑鬼……」

看到一雙黑手又伸出來，王仲彬忙改口：「不不，說錯了，某某某黑鬼。」

黑影縮回黑手，狀似仰起頭，嘆著氣。

「林……永……安……」

「林永安？你的名字叫林永安？」

黑鬼影點頭，就在這時，黑影發生劇變，從頭往下好像褪掉一層黑布，幻化出它的原形——它年約四十左右，長相普通，整個人黝黑而瘦弱，尤其是，雙頰更削瘦，身上套著一件淡青色長衫……像……醫院給病人穿的病服。

重點是，它身上線條呈點點的形狀，因此看來相當模糊。

王仲彬看呆了，他的大圓眼瞪得快脫眶，視線追著黑影……不！不是黑影，是追著林永安而移動！

它——林永安，臉孔現出錯愕大喜，雙手張得大大，低頭打量自己上下一圈，喃唸著：

「天呀！果眞像土地公說的……實現了，實現了！我……有救了。」

「土地公？『鬼市』裡的土地公，祂說了什麼？」

「祂說，只要有……不相干的外人，喊出我的名字，我就可以恢復原貌。」

王仲彬點頭，夢囈似地接話：「是唷？但你的原貌，好醜。」

林永安橫眼瞪他，撇著嘴。

「你又放肆了。恢復原貌，我還是有能力捏死你。」

「我好怕喔！」王仲彬抱住肩膀，裝作抖兩下又放開，「不過說眞的，你這樣好看多了，比較不嚇人。」

「要是嘴巴早點說些好話，我們就不必繞這麼大圈子。」

「要是你不像鬼影那樣，我也不會被你逼來這裡。啊！對了，你說……你不是鬼？可是你又不像人？那你是什麼？」

「聽過『生靈』沒？」

王仲彬猛搖頭。

林永安解釋：原來人還有呼吸，可是卻醒不過來、成天躺著，飄出去的魂魄，就叫作「生靈」。

「不對，那應該是植物人吧。」

「你講的是有些人的功能喪失了，或體內器官有所缺失，才醒不過來，稱之爲植物人。我沒有死，沒有病，所以我現在是生靈魂體，懂嗎？」

寒顫的夜風又襲來，王仲彬打了幾個噴嚏，感受到山裡的冷冽。他抬頭看一下天色，籠罩的夜霧恍似要下起綿綿細雨。

「不懂。不過這不重要，重要的是，我肚子餓了，想要回去了。」

「我話還沒說完哩。」

「那是你的事。拜託，這麼晚了，我在荒郊野外跟你打混什麼？眞是應了一句：與鬼同行，絕非好事。再見，呀，不不，最好不要再見。」

說完，王仲彬掉頭就往來時路大踏步走。才走幾步，面前悄無聲息地冒出閃閃爍爍一道生靈影子。

王仲彬往後跳退一步，不小心踩到石頭，還踉蹌一下。

「沒有我允許，你哪都不能去！」林永安說

「你、你想幹嘛？我救了你，還要被你扣留，不能回去？」

夜風又襲來，林永安閃爍的瘦臉，就像個苦臉，它自顧自地說：

「我，林永安。今年四十三歲。你王仲彬，十九歲，高三生，沒有父母，家裡只剩你一人，領了一筆保險賠償費，在超商打工——」

「等等，你去過我家，當然知道。想當詐騙集團，手段也要高明一點。」王仲彬眨眨眼，瞪住林永安。

「啐！什麼詐騙。看清楚了，只要我這樣一下，」林永安舉高手，上下左右一揮，「所有我想要的訊息，馬上都能知道，懂嗎？」

「那是你的事，我真的要趕回家去了，晚上還要打工。」王仲彬點頭說完，跨大步就走。

見狀，林永安歪了歪頭，伸手指向王仲彬。說也奇怪，王仲彬還是跨著大步走，但是他並沒有往前進。發現這個怪異點的王仲彬開始檢視附近場所、山路，最後察覺是自己的問題，因為他的兩腳並沒有著地，腳底離地三吋，虛浮在空中，原地踏步。

他耍出各種伎倆，跑步、左斜、右歪、跳躍……不管他怎麼做，就是無法控制被虛浮在空中的自己的身軀，滿頭大汗之下，他只得開口求饒，拜託林永安放過他。

「我說過，沒有我的允許，你無法離開這裡。」

「你到底想怎樣啦？」

「我說完，馬上放你回去。」

「好，你說。」王仲彬氣極，無耐地坐了下來……還是淩空落座哦。

接著林永安絮絮道出，它就是在這個山坳遭人暗算，因爲找了很久、很久，都找不到頻率可以對上它的人幫忙。

直到最近，接獲「鬼市」訊息，有個人頻率適合他，可以幫忙，叫它在這裡等。終於，它等到了王仲彬，只要王仲彬肯幫忙，它會很感激，問王仲彬要什麼報酬，若它做得到，一定可以報答。

王仲彬說：「我什麼都不懂不會，還有，我要上課、打工，哪來時間幫你的忙？」

「第一，我不會耽誤你的正事。第二，我不會花你一毛錢。第三，該怎麼做，我會安排好，重要的是，你必須隨身帶著『阿生黑片』。」

刺眼的陽光喚醒了王仲彬，他環視周圍，是在自己家裡。

一個禮拜以來，上課、打工，課業壓得他很累，抓起手機一按，唔？今天是假日呢，他放心地又躺回去。

睡不著，腦際悠忽回溯起似夢、卻又很眞實的那一幕：祭拜過父親，下山，迴轉過山路，在那個廣場，遇到……有人拜託他幫忙，幫什麼忙呢？

還有，那是多久前？怎麼記憶很模糊？

想到這裡，頭開始痛起來，他按壓著兩旁太陽穴，決定不想了！

他下了床，不慌不忙替自己準備早餐，吃到一半，感到腳底涼颼颼，低頭望去，一條黑色腿赫然由他的小腿幻化出來！王仲彬忘記了用餐，呆愣地看著黑色腿。只見腿跨越出他的膝蓋，接著黑色身軀、四肢，最後是頭，整個黑影掙脫出他的身軀躍出，現出原形。

「你……林……林永安！」

林永安好整以暇地點頭。它不再像之前的烏黑影子，渾身線條完整，也不再閃爍。

王仲彬訝異地喘著氣，大喊說：「所以那不是作夢？我眞的遇到你……」

林永安飄到餐桌對面，接口說：

「人生如夢，夢如人生。所以你也忘記答應過，要幫我的忙？」

遲疑了一下，王仲彬否認地說：

「這個禮拜，我很忙，忙得忘記了一些事。還有，你也沒說清楚。」

林永安點頭，聲調平板地說：「穿體面些，今天要去新店。」

「去新店幹嘛？要做什麼？」

「忘記我說的三個條件？第三，該怎麼做，我會安排好。總之，聽我的就對了。」

王仲彬無言地吃完早餐，才換了一套稍微像樣的衣服。照著鏡子時，林永安突然出現在鏡子裡面，對著他點頭。

「嗯哼，果然帥氣。『阿生黑片』有帶著吧？」

這場景就像兩個人面對面的談話，但面對著林永安，王仲彬卻只感到自己的頭很昏。

隨後到了新店，因爲是假日，遊人如織。林永安領著他，直赴山區，七彎八拐地走著，王仲彬累呼呼地猛擦汗，一扭頭，他驚訝地喊：

「啊，你，你怎麼變……變……？」

只見林永安渾身變薄了，顏色驅於淡化、模糊。它衰頹、虛脫般點頭說：

「對，到了這裡，我就沒辦法支撐太久，就快消失了。這就是爲什麼，我必須找你幫忙。」

「等、等一下，都沒看到目標，不是嗎？我哪知道該怎麼做？」

「沿……沿這條路，會、會看到後院，最左邊下面有個……洞，你鑽進……」

「什麼？鑽洞？叫我當小偷？被抓了、被打了怎麼辦？」

「我，我幻影隨時跟著你，注意，聽我的指示……」

話未說完，林永安已整個淡化、消失。王仲彬四下環視，再也沒有它的蛛絲馬跡。

「呃～～天呀！鑽洞？叫我鑽小洞？」王仲彬碎唸著，腳卻不自主地向前走，「這個人，不，這死鬼有問題吧？既然要鑽洞，何必叫我穿體面些？」

他再走一段路，看到一排圍牆，圍牆不高，但四吋厚的牆面上黏滿高突、尖銳的玻璃碎片，怪不得要鑽小洞。

右牆倚著山勢，往左呈傾斜狀，斜到左底，有一叢茂密、及人高的雜草，撥開草叢，果然出現一個小洞。

好不容易辛苦鑽進洞內，王仲彬低頭拍掉身上雜草、泥土、沙屑……耳際傳來低沉聲：「哼～～唔～～唔～～」

一抬頭，嚇！一隻比他蹲著的身軀還高的大狼犬嗡動著鼻翼，凶猛狗眼瞪住他。

「呀！啊！狗兄弟，不，不要誤會，我不是小偷，不要……」

低語的同時，王仲彬往後縮去，倚在牆角，大狼犬前進一步，嘴裡依舊發出低吼；王仲彬手往後探著洞口的位置，準備不對勁時，要快點滾出洞外。

忽然大狼犬兩隻高挺耳朵往後下垂，發出「嗚～～」低鳴聲，同時夾緊尾巴，頭往下垂，身軀明顯顫抖，雙眼不再凶戾，不斷溜望王仲彬右邊的圍牆。

王仲彬不敢動彈，只把眼睛往右瞄，嚇！牆壁上出現一道黑色鬼影，他再轉回眼，大狼狗已經彈開四蹄，亡命般逃離。

王仲彬鬆口氣，人也整個往後癱倒，不用想也知道，黑影一定是林永安。他轉頭想喊它，卻發現鬼影又消失了。

王仲彬站起身打量，這棟三層式別墅超大，從後院就可以看出氣派非凡，別墅兩旁各延伸出左右兩幢屋宇，看來是獨立式的屋子，有一道走廊連接著右邊這棟，尺寸是左邊那棟的三倍多。

到底要往哪邊走？還有，來這裡要做什麼？

算了，走一步算一步吧。王仲彬沿著草徑往前，整座後花園倚著山勢，植滿熱帶高壯、粗幹樹木，這片樹林濃蔭恰好遮蔽住別墅，若非有人指點，一般人根本不知道這裡有棟大別墅。

走到一半，王仲彬發現有人！他忙蹲下，躲在一欉有著旺密闊葉的樹幹後。

正屋大別墅走出一女一男，男的身軀雄偉，馱著一袋及人高的褐色袋子，看那重擔模樣，很像是人的形狀。

「欸，小心些，別撞壞了。」女子打開左邊屋宇的門，開口說。聲音聽來像是上了年紀的中年女子，兩人走進左邊屋宇。

一會過後，女子走出來，又進去別墅正屋。

王仲彬身體突然劇震，感覺很不舒服，接著膝蓋傳來涼颼颼之感。他低頭望去，自己膝蓋以下又幻化出一條黑色腿，腳掌朝著右邊的長屋宇。他心中有數，一定是林永安又隱進自己身軀內，指示王仲彬向右而去。

他起身往右邊長長的屋宇前進，沒錯！這一開走，林永安完全沒有阻礙王仲彬，王仲彬反而覺得步伐輕快。他繞迴著粗壯樹木、花花草草，小心地不發出聲響，費了不少勁，才到達屋宇最末端的牆面。這裡距離正屋大別墅，已有好大一段距離。

轉過牆，就是長屋宇的後門……咦，門居然是虛掩著的？

王仲彬先探頭看，門內安寧得恐怖，顯然都沒人！

再小心翼翼地掩進門內，右邊一道長廊，寬約一公尺半；長度就跟屋宇一般長，左邊一列長長、折疊式的塑膠帘垂下，分隔成一區區。

王仲彬悄然掀開塑膠帘，入眼望去，兩腿倏然一軟，整個人踉蹌得身軀歪斜。

再次投眼看清塑膠帘內，他差點驚嘔出聲！

面前這部塑膠帘區塊一共有五張單人床，王仲彬悄悄地從最末一張床上開始探尋，仰躺著的人們身上插滿維生管道，連接到床邊已經沒有作用的電子儀器，身體被開腸破肚，斑斑血跡都已凝結，胸腔的肋骨被截斷，斷了的幾根白森森肋骨朝上打開，胸腔內是空的，心臟、肝臟、胃臟都不見了。

倒數第二張床上，身上一樣塞滿維生管道，連接到床邊的電子儀器，這個人的雙腿、雙臂都被截肢。沒有四肢，只剩下一顆頭、一副殘軀，而維生電子儀器的訊號還在跑，看這副模樣，十足讓人心驚肉跳。

這，分明就還是一具活體呀！

最末一張床是空的，倒數第三、四床各躺著兩個人，裝備跟前兩床一樣。不同的是，這兩個人外表是完整的，維生器也正常運作。

王仲彬張嘴大口呼吸，按著胸口，擦一把額頭汗珠，心想：這隻不成材的惡鬼叫我來這裡幹嘛？存心嚇我？他媽的，把我嚇死了，看有誰能幫忙它？

這樣想著，他的心口跳躍得更急促了。王仲彬轉眼，逐一看著第三、四床後，正打算退出……

突然間，他整個人僵住了，眼睛停留在第四床上好一會。他眨眼、皺眉，睁大眼再看去。最後，他不可置信地移動雙腳，走向第四床，繞到床邊，近距離地盯視著床上躺著的人。

沒錯！他，正是林永安！

王仲彬用力搖頭。這個人，應該是面貌酷似林永安，或許是他的兄弟、甚或是雙胞胎……除此之外，王仲彬想不出有其他解釋。他發現自己顫抖得很厲害，接下來呢？該怎麼辦？

不知過了多久，喘了幾口大氣後，王仲彬舉手，拍遍自己渾身上下、前胸、後肩背，甚至雙腿、腳。他怕吵醒床上這幾具人體，不敢太大聲，只能低聲說：

「林永安，你個死鬼，不不，你這隻生靈鬼，跑哪裡去了啦？趕快出來告訴我下一步要怎麼做？」

一發出聲音，他才知道自己連聲音都在顫抖。

王仲彬說了幾遍？好像五遍？不，不，沒那麼久，好像只說了三遍，偏偏林永安完全了無訊息。

記得每次林永安都是從他膝蓋幻化出來，於是王仲彬再次彎腰，對著自己的膝蓋後凹，又拉、又拍又捏，可是，依然毫無反應。

他直起身，這時已汗如雨下，汗水使他雙眼都模糊了，看著床上的林永安，胡思亂想：呃？難道這個人眞的是林永安？因爲本體在此，所以沒辦法附上我身體？

剛才在外面，他也說過：到了這裡，他就沒辦法支撐太久。

他伸出顫抖的手想觸碰床上的人，意圖叫醒他。

「呵呵……這次很成功喔。」一個女子聲音突然從長屋宇彼端傳來，王仲彬嚇得一抖，迅速縮回手。

「是，都是蘇小姐的功勞哩。」是語帶巴結的粗獷男聲。

聽腳步聲，兩個人正由前方走過來。

王仲彬心中燃起大恐慌，思索著該怎麼辦？

他躡手躡腳退到塑膠帘邊緣，偷偷掀開一角……唔？走道上都沒看到人？

「這幾個呢？」女子聲響起，應該就是蘇小姐，「靜芬，送來多久了？到什麼程序了？」

「小姐，這是剛剛才送進來，至於這幾個，阿發，你說……」一個更年輕女聲響，應該就是叫作靜芬的女子。

接著是粗獷男聲的低低回應，聽不太清楚。

聲音從最前方一個區塊內傳來，王仲彬心想此時不溜，更待何時？他無心再聽下去，輕悄掀開塑膠帘，一溜煙地退出長屋宇底後門。略一猶豫，他決定還是不要亂動後門，就照它原本虛掩的樣子，最重要的是，他必須趕快鑽出狗洞啊。

幾個小時後，王仲彬已經坐在自家客廳，灌了一大杯開水壓驚。

這幾個小時間，他思緒不斷徘徊著：

這是怎麼回事？林永安要他幫什麼忙？躺著的人，究竟是……？

在萬千個不解思緒之下，王仲彬累得睡著了，忽然一陣陰森冷寒氣息把他驚醒過來，睜眼看到一團烏黑影子，挺立在床邊。

王仲彬縮緊雙肩，一股沉滯感襲來，使他昏暈不已，「林永安？是你嗎？」

話一出口，黑影馬上從頭開始幻化出本人原貌，是林永安。

它舒了口氣說：

「呼～～我這一趟差點完蛋。」

王仲彬立刻下床，這時已經是凌晨三點。他臉現怒容，尚未開口，林永安便以虛弱聲音說：

「聽我說聽我說，我會解釋。呼～～讓我喘口氣。」

王仲彬下床往客廳走，林永安跟隨而著，王仲彬倒了兩杯水，自己喝一口，才發現林永安盯著水杯吞口水。

「呀！我忘記你沒辦法喝水。」

王仲彬一把拿起水杯，驀地手背劇寒，林永安伸手按住他的手，又忙放開，可憐兮兮地說：

「我看著水也好，解解饞。」

「我正打算跟你解約。叫我幫你那什麼忙？哼！我不想爲了你縮短自己的壽命，有話快說。」

原來，林永安剛剛回去了「鬼市」，讓土地公替它解開了「束縛咒」。

因爲之前在別墅被下了「束縛咒」，它的神識只剩一半，另一半或分化，或到處游移；今天白天跟著王仲彬接近別墅時，「束縛咒」再次嚴重干擾了它，因此它必須回「鬼市」找土地公。

接著，林永安道出了它的原委——

兩年前，他認識了蘇麗媚。林永安以結婚爲前提跟她交往，但認識愈久，他愈不了解她。

蘇麗媚多金、手腕闊綽，嬌媚又妖豔，社交圈很廣，他卻始終不曾見過她的家人。

林永安數度問她，表示想認識她家人，她卻一再推諉。耐不住性子的林永安，終於偷偷跟蹤她，赫然發現她住的地方居然是掩蔽在深山裡的大別墅。

這引發林永安對她諸多猜疑：難道她是富商巨賈的小三或地下夫人？還是政要或間諜？

有一次，林永安約蘇麗媚見面，當面又提出結婚計畫，蘇麗媚只是媚笑地轉開話題，在林永安爆出知曉她的住處後，卻當下變了臉，瞬即再笑著邀約，說她住家很缺人手，問他要不要去幫忙？

林永安當然滿口答應，問她要幫什麼忙？蘇麗媚笑開了，說去了就知道。

「後來呢？」王仲彬問。

林永安只記得以上這些。

後來，他好像被邀到山坳的荒涼地方……他迷糊地飄盪著，依稀記得的只有荒涼的山區，以及曾偷潛入別墅後院的那個小洞。

王仲彬伸手指著它，「所以，你也不知道自己是怎麼死的？」

「不！我沒死。」林永安急著說：「我到處飄流，游移到『鬼市』……」

王仲彬有點明白了，倒抽口涼氣，「所以那張床上躺的人，真的是你？」

林永安低下頭默認，徐徐開口：「我想拜託你，把我救出來。既然第一個辦法失敗，我們要進行第二個辦法……」

「等等，你既然可以去『鬼市』，為什麼不請土地公救你？」

「有呀，土地公替我解開了『束縛咒』，並且告訴我方法，我不是找到你了？一切就拜託你了！」

「受人之託，忠人之事。」

王仲彬很傷腦袋地，想出了各式法子。

憑藉出手大方和帥氣外表，體貼、溫文儒雅氣質，加上觀察了好長一段時間，王仲彬終於搭上了在別墅工作的女傭賴靜芬。

只是王仲彬必須隱瞞學生身分，也保留了自己的許多內幕。在他熱情的攻勢下，賴靜芬漸漸敞開心房，坦言道出心事：她其實不太想在別墅工作。

王仲彬訝然問她，她遲疑了好一會，才說出因爲家境貧寒，這裡待遇很好，但限制太多。其他的，她不肯多說。

這天，王仲彬約賴靜芬在新店河岸邊晚餐，一輪明月高掛在寶藍色天空上，映得大地一片清明，新店溪波瀾粼粼，加上清風拂人，好一幅迷人美景。

忙完晚餐，品啜著咖啡，王仲彬順勢問賴靜芬：「妳沒考慮找個對象、離開職場？」

賴靜芬訝然看他，臉露無奈，「唉，在那種地方工作，哪有機會認識好男人？」

「耶耶欸，我不是男人嗎？沒把我算在內？這樣不公平哦。」王仲彬雙手一攤。

賴靜芬看他，菱角嘴微動，一副欲言又止。

「妳知道我為什麼今晚約妳晚餐嗎？」王仲彬問。

賴靜芬搖頭，眼睛閃出亮光，望著王仲彬。

「妳也知道，我父母雙亡，今天是兩老去世三週年，我想在今天向妳求婚，告慰父母。」

王仲彬誠懇地說著，同時由口袋內掏出一只精裝小盒，慎重打開，一片光華璀璨亮光，與天上朗月還有新店溪相互輝映。

「哇！好大的鑽戒！」賴靜芬大喊著，隨即又黯然，低聲說：「你不清楚我的工作內容，你……」

「我買不起真鑽，這只是人工的蘇聯鑽。不提其他的事，我只問妳，願意嫁給我嗎？」

王仲彬起身，準備要跪下去，賴靜芬羞紅雙頰，急忙拉住他。看她沒有拒絕之意，王仲彬掂起鑽戒，小心翼翼地拉起她白蔥似的玉手，把戒指套上去。

賴靜芬感動得一手緊捂著胸口，眼眸泛出一層光亮。畢竟她還年輕，不到二十歲，一點小事就很容易打動她的心。

王仲彬輕輕拉起賴靜芬，擁緊她，在她耳鬢廝磨。

「妳把工作辭掉，嫁給我，我爸媽留存的一筆錢雖然不多，省吃儉用，暫時還過得去。婚後，我會去找個工作，養妳、養我們以後的小寶貝。」

良辰美景，恰是吐露心事的時機，在王仲彬溫言軟語下，他從她口中套出了許多別墅的祕密。

據賴靜芬說，別墅主人蘇麗媚長得亮麗又耀眼，手段卻很凶殘。

蘇麗媚常帶男人回家，把男人安排住在客房內，由賴靜芬負責送三餐，附帶一杯加了料的飲料。蘇麗媚會嚴詞交代她，務必要監控男人喝下這杯飲料，男人之後都會呈現昏迷狀態，接著蘇麗媚會叫阿發把男人送進右邊屋宇內。

賴靜芬偷看到蘇麗媚在男人身上灑符水，據說這就是「束縛咒」，會讓人失魂兼失憶，就算家屬找來有法力的廟公想追回失蹤者，也都束手無策。

「蘇麗媚曾帶回一位叫作林永安的人，妳知道嗎？」

「不清楚。蘇麗媚在做些什麼，我們哪會知道。她高薪僱用我們時，讓我們簽了一張合約，這是條文之一。」賴靜芬搖頭，眼眸看著王仲彬，「條文也包括絕不能透露別墅任何事，否則，她會讓我們的下場跟那些男人一樣。」

王仲彬倒抽一口冷氣，握緊賴靜芬玉手，「把工作辭掉，跟我結婚吧。」

「我……合約還有兩年，你得等我約滿……」

「妳不覺得這份工作很奇怪嗎？我擔心妳隨時會有危險，不如趁早離開。」

賴靜芬感到窩心地貼上王仲彬，他緊攬住她，腦海中浮出許多方法。王仲彬對賴靜芬吐露甜言蜜語的同時，也將自己的方法提出來。

三天後的晚上，沒有月亮、星星，只有陰鬱烏雲，尤其新店靠山，斜風細雨綿綿不斷。

鑽進小洞內，之前那隻大狼狗顯然早被賴靜芬處理妥當，王仲彬安全地通過後花園，找好地方躲藏妥當，接下來就是等待了。

等待的同時，他想起林永安說進入別墅會忘記很多事，應該就是那杯飲料的關係。

其他肢體不全的男人們，據王仲彬探查出來的消息，懷疑蘇麗媚從事器官買賣或是其他非法事件，不過這都是題外話，眼前他只能遵照林永安所託，把它的身體偷出來，送到它出現的山坳，就無事一身輕了。

終於明白林永安爲什麼找上王仲彬？因爲土地公沒辦法搬出林永安的身體啊。

忽然長屋宇後門亮起一絲小火花，王仲彬悄然掩上前，後門早就打開了。因有上次的經驗，他駕輕就熟地閃進去。裡面一片暗濛濛，想也知道，一定是賴靜芬設計好的。他小心翼翼拉開第一區塊的塑膠帘，果然在暗懵中，依稀可以看到賴靜芬身影，她站在第四張床邊，向他招手。

王仲彬上前，床上的人已被包成一長條狀，維生器上管線都被拔掉。

王仲彬一把將包裹著的人體扛上肩，賴靜芬手上拖著一口行李箱，還想幫忙，但被王仲彬搖手拒絕，並轉身迅速退出長屋宇，往花園而去。賴靜芬緊跟在他身後，迴繞著粗壯樹木、花花草草，經過一欉旺密的闊葉樹幹時，不曉得是太過緊張還是怎的，她的身軀摩擦到闊葉，發出窸窣聲響。她不以爲意，但腳步加快了許多。

到達了牆角的小洞前，王仲彬估算賴靜芬力氣不如他，因此他先鑽出洞外，賴靜芬則幫忙把包覆的人體從裡往外推，讓王仲彬在洞外拉。

兩人費了不少力氣，就在人體被拉出洞口一半時，長屋宇那邊開始傳來聲響，接著是腳步雜沓聲，愈來愈大。

賴靜芬一顆心狂跳不止，又不敢出聲叫王仲彬快一點，眼前偏偏是人體的屁股卡在洞口。

王仲彬鼓起吃奶力氣，把人體往左又彎右，好不容易終於剩下大腿以下部分，這就容易多了。

就在人體剛剛被拉出洞，賴靜芬正把行李塞到洞口之際，她的雙臂突然被人架高！她揚聲叫著：「放開我，你們不讓我走，再過一週後……」

賴靜芬話說一半，一道來清脆的掌摑聲響起，啪！

「是妳給大狼狗喝下迷魂湯？想逃出去？」

賴靜芬沒有回話，一逕高喊著：

「一週後，我會離開，我跟我家人約好在新店橋見面。哇！記住啦——」

一陣雜亂聲響夾雜著謾罵聲，塞在洞口的行李被拉了進去，賴靜芬的聲音則愈來愈遠。

愣在洞外的王仲彬連忙扛起人體包裹，躲藏在牆邊，不敢吭聲，依稀聽到遠遠的聲音：「記～～記住啦～～一週後，新店～～橋～～」然後就戛然而止。

一會兒後，牆內傳來清脆卻又凌厲的女聲：

「阿發，趕快把洞口堵起來，還有多派幾個人，把別墅周圍巡視幾遍。哼！這個賤人。」

救出林永安軀體後，王仲彬先將之安置在家裡。因爲知道林永安還活著，並非死屍，使王仲彬的懼駭指數降低了許多。

次日下午，他遵照林永安所囑，午夜十二點前，送到了山坳。最重要的是，那一塊「阿生黑片」務必要帶著。

好在山坳這個點相當隱密，又極少人進出，要是有人看到一具包紮得緊緊的、像一個人的長東西而去報警，恐怕事情就麻煩了。

王仲彬看一下手腕上電子錶，呃！差五分就十二點，可是周遭卻黯懵一片，沒有任何跡象顯示會有人到此？

他其實也不知道接著該怎麼做，因爲林永安給他的資訊，就是到此爲止。

王仲彬忽然憶起之前，跟田克平兩人帶著羅經、進入「鬼市」，指針像發瘋般胡亂打轉，周圍黑影幢幢亂竄，響起刺骨撕肺的慘嗥淒厲鬼聲，陰森冷風像刀刃刮人皮膚。

如果待會是「鬼市」的人到這裡接林永安的軀體……

思緒至此，襲來的山風颳起陣陣淒厲吼聲，加上周遭樹影幢幢，更令人發顫，就算王仲彬多了幾顆膽子，但要是對上了「鬼市」群眾，他也無力招架。

再看一眼手錶，唉唷，已經十二點十分了。王仲彬舔舔又乾又澀的嘴唇，忍不住站起身，同時自我解套地想：

我還是趕快離開吧。這陣子都沒見到林永安出現，也許它去「鬼市」搬救兵了。它交代的事項都已辦妥當，我還把它的身體送上山坳，之後的事又沒交代，應該沒我的事了。

想到此，王仲彬邁開腳步，轉向來時的山路路徑，就要離開。

「等一下……」

女子嬌脆、甜美好聽的聲音響起，不是他想像中的淒厲鬼吼。

王仲彬回頭望去。

一位明眸皓齒，姣顏娟秀的白衣女子，身軀嬌小，體態曼妙，衣服因山風吹襲而凌空紛飛，令王仲彬看呆了……這絕不是「鬼市」來的人，簡直就是天上仙女！

白衣女子舉起皓腕，向他招了招。王仲彬很確定，自己沒有被迷惑，他是自動地迎上前。他尚未發話，女子便指著包紮得很緊的林永安問：

「這是林永安？你送過來的？」

呃，只聽這聲音，就讓王仲彬不想離開了，他點頭、再點頭。

女子嫣然一笑，雙腮閃出兩顆酒窩，王仲彬魂魄都被勾走，不曉得被勾去哪了。

女子皓腕一翻，現出嬌嫩掌心，「拿來。」

「什麼？」

「嗤！『阿生黑片』帶來了？」

「喔，有有。」王仲彬掏出上前口袋內的小黑片，遞上前，「我差點忘記了。」

女子沒有接，但是「阿生黑片」突兀地飛起來，自動落入她的掌心，讓她細細端詳著。

「耶……請問小姐怎麼稱呼？」王仲彬問。

「白素音。」

「喔！人漂亮、聲音甜美、名字更好聽。」王仲彬忘形地連連稱讚。

白素音沒理會他，逕自把「阿生黑片」放進她的口袋，轉身就要走。

「耶欸，等等，白小姐不是要搭救林永安嗎？」

「你不是把它救回來了？」白素音斜看著王仲彬。

王仲彬錯愕地指著泥地上的林永安，囁嚅說：

「這只是它的身軀，還得把它救醒過來，不是嗎？」

「呵呵……那是你的事，與我何干？」白素音冷然笑了。

「不不不，白小姐誤會了。我哪會救它呀？要救它，不是應該用那片『阿生黑片』？還有，請問白小姐，您是……『鬼市』的人嗎？」

白素音猛吸口氣搖頭，擺出一副盛氣凌人樣貌。

「誰跟你是『鬼市』的人？我，堂堂的阿修羅公主，你不懂就別裝懂。」

「我是不懂，可是我知道要救林永安返陽，一定要那片『阿生黑片』呀。」

「哼，還眞有兩下子，告訴你，『阿生黑片』我帶走了，要救林永安，叫唐東玄來找我。」

「唐……唐東玄？他是誰？」王仲彬更加錯愕，一件單純的事，爲何搞得這麼混亂？

好在他還有點腦袋，「好呀，找唐東玄，但妳那一片『阿生黑片』還我。」

「唉唷！你膽子不小嘛？敢跟我討東西？」

「妳妳妳……長這麼漂亮，怎麼不講理？『阿生黑片』本來就是我的……」

白素音啐了一聲，根本不理他，舉手一揮，她由頭開始幻化、消失……心繫林永安存亡的王仲彬急得無法可施，拔腿奔向白素音，想搶回「阿生黑片」。

當白素音消失到腰際時，突然烏黑的天空緩緩罩下一圈柔和亮光，說時遲，那時快，已消失一半的白素音，霎時又顯現出來，沉魚落雁的美顏，橫眉怒目，射出憤怒眼芒，看來恐怖又嚇人。

這時跑到一半的王仲彬竟然摔跤了。

王仲彬和白素音，四隻眼睛全都定睛看著柔和亮光圈中的那個人。

唐東玄的衣襬被山風吹得紛飛飄揚，在黯懵夜色下，更顯得他飄逸不群，瀟灑脫俗。

入目之下，王仲彬呆怔得忘記摔跤疼痛；白素音美眸慌亂地眨閃，卻又強作鎮定。

「請交出『阿生黑片』。」唐東玄不疾不徐，足以吸引眾人耳膜的磁音響起。

白素音遲疑著，王仲彬急速跑向唐東玄，促聲問：

「您是『鬼市』來的？請問怎麼稱呼？」

看到王仲彬緊張模樣，唐東玄淡笑點頭，「唐東玄。」

「哇啊！您來救林永安嗎？她……她說……」王仲彬指著白素音。

「我知道，你放心，我會救活林永安。」

話罷，唐東玄轉向白素音，「卿本佳人，奈何為賊？」

「呸呸呸，不要污辱了我家公主。哼！」白素音忽地旋轉身軀，轉了三圈，

她變回原形，竟是臉孔一半焦黑一半白的阿官！

語畢，阿官丟下「阿生黑片」，忿然瞪唐東玄一眼，迅即凌空奔竄消失。

王仲彬看呆了，唐東玄伸手，「阿生黑片」自動飛向他的掌心。他向王仲彬道：「我知道你一不貪財，二堅守信用。放心把林永安交給我，快點回去吧。」

「是。謝謝您。」

這就是人生，恍如一場夢，醒來什麼都空了、不復記憶了。

懵懂回到家，惘然若失的情緒佔據了王仲彬心神好幾天，等他回神過來時，忽然想起一雙美眸、蔥白似的玉手——賴靜芬。一看日期，嘿，已過了好幾天。

他憶起那天，她在別墅小洞另一邊的話：記住、記住了，新店橋。

還沒超過一週，王仲彬趕到新店橋頭邊，天天等、天天盼，結果都失望了。他很擔心賴靜芬遭遇不測，像林永安這樣，被救走後，就失去了音訊。

不過他相信那位唐東玄一定可以救活林永安，對他來說，任務完成就夠了。

在一個斜風細雨的日子，他決定走入新店深山內尋找那棟別墅。奇怪的是，他再也找不到它。無論是別墅正面還是別墅後院的小洞，完全沒有一棟跟他憶想中相同樣貌的別墅。

新店深山內，循著山路，大小別墅相當多，王仲彬到處打聽，卻問不到蘇麗娟、賴靜芬，甚或阿發的名字。

接下來的日子裡，王仲彬有空就上山，一面祭拜他父親，順道經過山坳，一面等待著，以為若運氣好，也許可以碰到林永安？或是唐東玄？或是「鬼市」的人？然而，山坳一片荒煙蔓草，毫無蛛絲馬跡。

一年多後，王仲彬終於不得不放棄，死心地回歸他的平常生活：上課、打工。

只是偶爾心思還是會跳回之前的事件，回憶起賴靜芬，讓他相當愧疚。

這天是假日，王仲彬看天氣還不錯，吃過午飯，他又搭車前往新店。過了這麼久，他已不抱希望，今天只是單純看風景，散散心。

這時候遊客不多，眞正熱鬧的是下午四、五點開始，人潮才會聚集。

王仲彬特意挑這間向賴靜芬求婚的原店家、原座位，點了杯無糖的苦澀美式咖啡。眼前山光水色，風景依舊燦爛，陽光下、波光粼粼的溪水邊，幾朵杜鵑花搖曳生姿，杜鵑花不是桃花，卻讓他想起一首詩，張口低吟：

「去年昨日此門中，人面桃花相映紅，人面不知何處去，桃花依舊笑春風。」

突然間，喉頭哽咽，將思緒也堵塞住，不堪再回想，眼眶酸澀得濕潤了。

「呃，今天遊人不多哩。」王仲彬旁邊響起聲音。

爲了掩飾，王仲彬忙捧起咖啡杯喝一口，隨口應著。

「等下，可能人潮就多了，這裡愈夜愈美麗。呵呵……」店家掉了句流行語，接口說：「我呀，只能趁這空檔坐坐，這裡風景不錯。你常來嗎？」

不太想開口，王仲彬搖頭不語。

「欸，她又來了。」店家忽然喊著。

王仲彬放下咖啡，還是不想接話。

「有沒有看到，喏！右前方，有沒有，欄杆那裡。」

王仲彬循著店家手指方向，看到一個倚著欄杆，面向溪邊，身材堪稱窈窕，但穿著邋邋遢遢的女人。

「奇怪，她每天差不多五點多才到，今天怎那麼早。」

「你認識她？」王仲彬掉開目光，隨口問。

「拜託，我哪認識她啦？那個女人是瘋子。」店家失笑地提高聲音分貝。

「大概三、四個多月前，她天天來，蓬頭垢面要來點飲料，喏，就喜歡坐在這裡，客人您這個座位。」店家口沫橫飛比劃著，「來了又哭、又笑，有時客人多，我叫她換座位，她還不肯，眞拿她沒辦法。唉唷！」

「是有什麼傷心事吧？」王仲彬輕聲說，心想自己也是個傷心人。

「誰知道，歹年冬，多瘋人。」

這時有客人，店家搖著頭，忙去了。

店家的話引發王仲彬的注意力，不免多看那個女人幾眼。那個女人忽地蹲下身，頭埋入膝蓋，雖然看到的是她背面，王仲彬卻可以想像得到她在哭，似乎可以聽到她嚶嚶低泣聲。想到此，他的心升起一股酸澀感，同是天涯淪落人。

看那女人衣著，似乎日子過得很拮据，王仲彬不免升起同情心，拿起桌上的長夾，掏出咖啡錢放上桌，起身走下階梯，朝溪邊欄杆而去。

忽然女子站起來，抬起左手擦臉，王仲彬驀然發現，她的右手袖子空泛泛的，隨著溪風搖擺。他一驚停步，仔細看去，那個女子竟沒有右下手臂！

看來她生活困頓不是沒有原因的！

這樣一來，更引發王仲彬的同情心，不禁加快了了腳步。然而，他愈走愈感到怪異，這個女人的姿態，有點熟悉？

走到女人身後大約兩公尺左右，她又彎下了身，嚶嚶啜泣……竟連聲音也有熟悉感！

「小姐，妳不要哭啦，有什麼困難嗎？」王仲彬忍不住揚聲問。

「沒有，走開！你走開！」說著，女子左手用力甩動，她的左手少了無名指和尾指。

王仲彬有剎那間的錯愕與迷茫。他咂咂嘴，喉頭緊縮、聲音嘶啞：

「妳……是靜芬嗎？賴靜芬？」

女人突兀地靜止不動，好像過了很久、很久，王仲彬按捺不住，上前攀女人肩胛。女人肩膀一個歪斜，滑出王仲彬的手，然後站起來，迅疾朝另個方向跑走。

王仲彬當然不可能放過她，跑了幾步，一下子就抱住女人。女人掙扎、扭動，卻掙不開王仲彬的臂膀。

「靜芬！靜芬！妳就是賴靜芬。不要跑，我找妳找了多久，啊？」王仲彬死死抱住女人，聲淚迸下。

「放開我，你認錯人，我不是、不是……」女人聲音帶著淚意，都分岔了。

「不，我不能放，我一放手，妳會馬上消失不見。除非妳答應我不要跑，我才放手。」

「好！我不跑，你可以放手了吧。」

王仲彬放開手，卻提高戒備，以防她又落跑。低頭看去，賴靜芬猛擦掉淚，清清喉嚨，轉身向王仲彬。

「你眞的認錯人了。賴靜芬在一年多前已經死了。」

「不要這樣，」王仲彬眼眶紅了，「我找妳找得快死掉了，妳知不知道？」

正所謂，男兒有淚不輕彈，只因未到傷心時。

賴靜芬猛吸口氣，把右袖捲高，又伸出左手手掌。

「看清楚，我不是賴靜芬。我是個殘廢的人！」

「不，不要這樣。」王仲彬張大臂膀，淚如奔泉，上前緊擁住她，「在我心中，妳永遠是無瑕的白玉。」

賴靜芬還是不肯承認，王仲彬跪了下去，千求萬請，請她原諒。周遭漸漸增多的遊客都投來怪異眼光，惹得賴靜芬更難堪，垂頭滴淚。

「答應我，跟我談談。不然，我不起來。」

賴靜芬不得不點頭，兩個人聯袂回頭，走回階梯上原來的那間店家。

店家以驚詫、錯愕、尷尬的眼光，上上下下打量他倆。

原來，蘇麗媚查出賴靜芬溝通外人、把林永安運出別墅、還洩漏了她的不法祕密，當然萬分憤怒，刑求了賴靜芬，逼她供出王仲彬住址。賴靜芬知道蘇麗媚手段凶殘，一定會對王仲彬不利，抵死不肯說，結果賴靜芬先賠掉左手兩根指頭，又賠掉右下臂，但她依舊堅定不肯露一點口風。

蘇麗媚擔心王仲彬會報警，當下疾速遷出別墅、湮滅所有的證據，人也出了國避風頭，所以後來王仲彬費盡心力，就是找不到別墅。

賴靜芬怕蘇麗媚不死心，更怕蘇麗媚會派人跟蹤她，因此不敢去找王仲彬，也不敢回家，深怕家人受到連累。

隨著日子一天天過去，賴靜芬既成殘廢，又找不到工作，精神愈來愈差，整個人處於等死狀態。

王仲彬聽完，喉頭湧出陣陣酸澀。他費盡唇舌，指天誓日，心中唯有賴靜芬，絕不作他人想。

受到王仲彬誠心感動，賴靜芬終於點頭，願意跟王仲彬回去。

人哪，貴在眞情，即使身殘，心不殘，又有什麼關係？

一直躲在旁邊偷聽的店家，聽完兩人的話，又看到賴靜芬首肯，忍不住拍手鼓掌，眼泛淚光，豪邁地說：

「王先生、賴小姐，請原諒我，偷聽了兩位的話。我很感動，今天這頓晚餐，我請定了。」

店家其實心有愧疚，只想補償剛剛說她是瘋子。

「啊，不……」王仲彬忙拒絕。

「不行，你拒絕的話，我會告訴附近所有的店家、鄰居，吸引大家都來祝賀。」

聽到這話，賴靜芬考慮到自己的殘軀，首先投降，只好心存感謝地答應了。

吃完慶祝的晚飯後，向店家道過謝，王仲彬牽著賴靜芬，恩恩愛愛地告辭回家。

此刻，月明千里，有情人終成眷屬。

最終篇
情海波濤

夜色朦朧，四周一片寂寥，唐東玄高頎身軀龍行虎步地出現在路上，墜入自己的思緒中。

原本他的心澄清無垢，現在卻多了許多無解心思！

既然無解，他採取閃避，離開十六層高的大樓，搬到這處更安寧的地方。這是三層透天厝，倚山面向一帶流水，左右周圍竹林爲伴。

到家之前，有一段樹林茂密的路徑，路徑不寬，唐東玄認爲夠隱密了，適合修行，更能避開追蹤者。本以爲地處偏僻，怕趙建倫出入不便，隨他要留要走，想不到他居然決定留下。

唐東玄經過茂密樹林時，路徑邊一株欒樹樹幹上忽然晃動著。欒樹樹幹間，有一對黑白分明的眼睛，滴溜溜地轉……

唐東玄星眸一閃，停住身子。

原來，爲了趙建倫的安全，唐東玄在住家周圍佈下結界，就有小樹靈自動護持，佇留在欒樹上。欒也可以是姓，因此唐東玄都稱它「小欒」。

「小欒，有事嗎？」

小欒眼睛眨閃著。

「呀！我忘了，你不能說話。」唐東玄露出白燦牙齒一笑，「好吧。我問你的話，是，眨一下眼；不是，眨兩下；不知道呢，眨三下。好嗎？」

小欒眨一下眼睛。

「嗯……什麼事？有關趙建倫？」小欒眼睛眨兩下。

「是家裡有事？」小欒眼睛眨一下。

「危險的事？」小欒又眨一下。

唐東玄劍眉攏聚，搬到這裡已過了好一陣閒散日子，一直都相安無事，哪有什麼危險的事呢？

想了想，唐東玄又問：「跟我有關？」

小欒很用力眨一下眼睛，好一會才又睜開，這表示……

「很危險？難道有人入侵？目標是我？」唐東玄一連發問。

小欒眼睛也連續都眨一下、一下。因爲凝神，唐東玄深邃星眸靜止，思考也運轉起來。

他佈下的結界很難入侵，普通人闖入會迷路；一般的鬼神類入侵，會被彈出去；能入侵者，一定具有特殊能耐，難道是他想避之唯恐不及的……

但是不確定的事，他不想亂猜，嘴裡誦著簡單的咒語，結個手印，朝小欒一點，讓它可以發出簡單字彙。

小欒張口，困難地發話：「阿……阿……修……修……」

唐東玄星眸一閃，接口道：「阿修羅，入侵？」

小欒眨一下眼睛，唐東玄倒抽口寒氣，急著又問：「男的？女的？」

小欒連眨三下眼睛，表示它不清楚。

唐東玄頷首，向小欒道個謝，大踏步急急往回走。

思緒風起雲湧之間，人已到家，趙建倫迎了出來，開口道：

「老師，您有客人，我把它請進客廳了。」

唐東玄踏進客廳，只見是個中年人，臉容平板，端起茶望著，卻沒有喝，因爲它無法喝水。唐東玄一看就知道是「鬼市」派來的陰差，只是幻化成普通人，如果沒有土地公的通行令，它無法通過自己佈下的結界。

看到唐東玄，它連忙放下茶杯，起身點頭爲禮。

「別客氣，請坐，什麼事？」唐東玄也落座。

「是，小的是阿元。」

原來，「鬼市」突變，如今一片紊亂，整個市集都炸鍋了，土地公眼看鎮不住，派阿元來通報唐東玄，請他務必走一趟「鬼市」。

「可以大略說一下出了什麼事嗎？」

阿元皺緊眉頭，「我……不會說，就是很緊急。」

「好，你先回去覆命，我準備一下，立刻動身。」

於是趙建倫把阿元送出門，唐東玄上了樓，把隨身必帶的物品放進袋子內，才收拾好，趙建倫出現在書房門口。

因爲有阿修羅入侵，唐東玄招他進來，把幾張符咒紙交給他，交待每張符咒的作用，遇到什麼狀況，該用哪一張。

趙建倫接過符紙，遲疑地問：

「老師，我可以跟您去嗎？」

「『鬼市』？」

趙建倫猛點頭，眼中露出希冀，唐東玄放下袋子。

「剛剛那位，你看得出來什麼嗎？你知道它的來意？」

趙建倫一愣，隨即回道：「阿元呀？不就是阿元嗎？請老師去『鬼市』，因爲『鬼市』出了狀況。」

唐東玄點頭，「很聰明。你看的出來它是『鬼市』的陰差大人嗎？」

趙建倫臉色乍變，「它是……連可怕的鬼看到它，都會很害怕的陰差？」

唐東玄點頭，趙建倫猛吞口水，無話可接。

「『鬼市』出了緊急狀況，詳細情形，我不太清楚。你跟去了，恐怕我無法時時護著你，你可以獨當一面嗎？」

趙建倫馬上搖頭，囁嚅地說：「不行。」

「那乖乖在家裡，注意隨時提高警覺。我走了。」

趙建倫恭送唐東玄出門，想起老師剛剛說的隨時提高警覺。他忽然想到，難道老師意有所指嗎？

瞄一眼屋外，烏漆嘛黑的一片，趙建倫聳聳肩，急忙關上門，還下了幾道鎖，並貼上符咒紙，這才安心了。

出門有一小段路，前面是一彎流水，上面有一道拱起的紅色小曲橋，只容一個人通過。唐東玄登上小曲橋，跨大步往上走，忽然迎頭碰撞到一件物事！

但是面前是空的，什麼都沒有！

他星眸一轉，結著手印的雙手，往前一推……不管前面是什麼東西，碰到他的手必定原形畢露無遺！

果然，唐東玄瓷玉般的大手往前推送，碰到股柔軟、溫嫩的東西，但是這東西顯然想退逃，唐東玄叱道：「什麼東西？別想逃！」

同時，他雙手手掌化推抓，硬生生抓住了兩團溫嫩而柔軟的東西。

他耳中傳來「嚶嚀！」一聲，緊接著一道隱了身的身形出現了！

眼前赫然是白素音，她站在橋上方，而唐東玄雙手恰巧捏抓住她胸前……

唐東玄猛然大吃一驚！急急忙忙放開手，身軀往後大退步，傾斜得差點掉下河中。

白素音閉月羞花般俏臉，嫣紅如彩霞，卻也怒目相向。她逼前一步，揚起皓腕，又狠又準地甩向唐東玄臉龐！

唐東玄冠玉似的臉龐佈滿一層臊紅，所幸他星眸依然清澈，翻轉瓷玉般的大手，迅快無比地接住白素音皓腕。

白素音又羞又怒，哪肯服輸？

右手被制住，還有空著的左手呀。她何其迅捷，再揚起左手，凶戾地又甩過去。

唐東玄也不弱，另隻大手勘勘接住她柔嫩小手。她雙手被制，又因站在橋略高處，加上她身軀纖細，腳下一個踉蹌，整個人往前撲入了唐東玄懷裡。

唐東玄英挺臉上瞬間臊紅到耳根，而鼻息間傳來她身上的芬香芳蘭，軟玉在懷，更讓他有瞬間的迷惘。

然而，他很快回神，慌措放開兩手，雙臂往外張開，這下子，他眞的不曉得該怎麼辦……抱住她？會被誤會輕薄；推開她？又怕她掉下橋。

白素音也眩惑了，眩惑在他寬闊胸懷，是如此溫馨暖和、如此有安全感，加上他身上傳來一股叫不出名字的隱約淡香，讓她敏感的心突突狂跳起來。

然而，看到他張開雙臂，讓白素音意會到——他，厭惡自己！

不是嗎？每次見面，每次看到他帥氣臉容似乎都很不耐煩，語氣不好，像現在，她更能感受到他對自己的冷淡、厭惡。

突跳的心，瞬間冷卻下來……

白素音喉頭哽噎著，暗暗告訴自己：

——不！不能軟弱；絕不能曝露受傷的心事！

白素音伸出手，用力推開唐東玄，但她紊亂得忘記身處狹窄曲橋，轉身之際，居然往橋旁跨步、嬌軀傾斜。

雖然被推得向後退，所幸唐東玄的雙手是張開的。他立刻攀住曲橋欄杆，眼睛卻看到白素音不是後退，居然衝向曲橋一旁！

一個意念迅速浮上唐東玄腦際：

——啊！她要自殺？

他忘記了她阿修羅公主的身分，就算跳下河也死不了。此刻，在他眼中、心中、眼前的她，只是一個嬌弱、纖細女子而已！

念頭尚未轉罷，唐東玄急忙趨前一大步，一手攀住橋欄杆，同時伸出一手，攔腰抱住白素音。白素音掙扎扭動，原意只想掙出他的懷抱，他卻以爲她死意堅定，就怕有個閃失，反而擁得更緊。拖拉之間，唐東玄爲了救人，乾脆將她整個抱起來，白素音依然嗆辣地掙扎，唐東玄只好俯低頭說：

「別動。有話下橋再說。」

他溫香氣息吹拂著白素音底姣顏，令她全身酥軟得掙不開，只得隨了他，但還是很生氣，這使她胸前大起大落。儘管唐東玄向來秉持「非禮勿視」，可是不經意間，眼尾還是掃到了，這使他又回想起剛剛……

下了曲橋，唐東玄雙手一鬆，白素音立刻躍下他的懷抱，抬起杏眼瞪住他，而他英挺的臉，再次滿佈紅雲。

唐東玄很想說出道歉的話，但再一想，自己並沒有犯錯，這一道歉，豈不明擺著，眞的是自己不對？

兩人四目相望，俱都充滿了複雜眼神。看著唐東玄一語不發，白素音更生氣，氣憤使她胸口劇烈高低起伏，唐東玄忙轉開眼光。

「輕薄了人，都不道歉嗎？」

聽到嬌俏甜膩聲響，唐東玄抬眼，不疾不徐地說：

「我怎知道妳偷潛進來，還隱了身，剛剛還想跳河自殺……」

「你瞎說什麼？誰要跳河？總之，你對我失禮，該當何罪？」

「我正想請問妳爲什麼偷潛入我家？隱身又幹嘛？妳想做什麼？」

「我……」白素音頓然語塞。

唐東玄緩緩又說：「妳率領手下三番兩次騷擾『鬼市』、質問我，令我不得不搬家，現在呢？我又要被逼搬家了嗎？」

「誰、誰騷擾你？講話客氣一點。」

「我真的不知道哪裡得罪了阿修羅？妳窮追不捨，非要置我於死地嗎？那也要跟我說清楚，我犯了什麼罪？」

「你犯了什麼罪？」白素音不怒反笑，接口說：「正確說來，不是罪，該說是『債』。」

呃！她的怒顏和燦笑，雖然天差地別，卻一樣深深吸睛。那笑臉如此柔媚，尤其是雙腮閃出的酒窩，會把人醺醉了。

接著不到一秒，她瞬時又露出怒容，橫眉怒目地說：

「你的罪狀重重疊疊，債務深重，說不完、道不盡。你是眞不知道還是裝傻？如果不知道，你該好好去查。」

「好，我會查個水落石出。倘若欠妳一命，我便該還妳。現在，先說現在，妳潛入我家，意欲何爲？」

深深吸一口氣，白素音看著他隨身袋子，反問：「你要去哪裡？」

唐東玄露出好笑表情，令白素音呆了一呆。數度相逢，他總是一臉嚴肅、冷漠，想不到他突然一笑，居然這麼儒雅、炫目，讓人迷惑。

只聽唐東玄說：「連我的行動都想探聽，到底爲什麼？」

傲氣十足的自尊心讓白素音收斂呆愣表情，怒道：

「誰管你去哪。請你搞清楚，你想去送死，跟我什麼關係？」

「我常進出『鬼市』，哪來送死之說？這當然跟妳無關，妳何必問，何必管？」

「『鬼市』呀？」白素音沉吟著：「果然是去『鬼市』。我是來告訴你，千萬不要去……」

「爲什麼？」

白素音踟躕地低下眼眸，抿了抿可愛、小巧的嘴唇。

「爲什麼叫我不要去『鬼市』？」唐東玄劍眉聚攏，深邃星眸直盯住她，「難道妳知道那裡發生了什麼事？出了什麼意外嗎？」

「別問我。我不知道。總之，你不要去就對了。」

說完，白素音轉身就要走，唐東玄哪肯放她走，一個箭步上前，拉住她手肘，將她轉向自己，促聲道：

「告訴我，到底出了什麼事？」

白素音掙扎著，再次靠這麼近，又被他大手這樣拉著，她娟秀姣顏再次刷紅。

「不知道啦，放手。」

兩人掙扭間，突然傳來個粗嘎嘎、一高、一低的雙叉吼聲：「住手～～」

緊接著一縷黑煙霧氣由兩人間的隙縫冒上來，是她！陰陽臉的阿官。

阿官迅雷不及掩耳地一手拉開白素音、一手拍出一掌，力道不輕地推開唐東玄。

「哼！敢欺侮我家公主，該死！」

喊著的同時，阿官轉向唐東玄，迅速便要補上一掌，但白素音一下子拉住她的臂膀。

「妳怎麼會來這裡？」

「公主受傷了沒？好在我趕來，這小子常常欺侮公主，該給他教訓。」

阿官橫身又要對付唐東玄，白素音變了臉，怒道：

「到底是妳聽我的？還是我聽妳的？」

阿官忽地收斂動作，站得挺直，「我受命保護公主。當然聽您的。」

「嗯，走吧。」

阿官猶豫轉看一眼唐東玄，唐東玄忽然開口道：

「妳做壞事，爲什麼都要假冒公主？」

白素音倏地轉瞪住阿官，阿官正要分辯，唐東玄接口說：

「我不信妳忘記了，妳搶了『阿生黑片』，想阻擋『鬼市』救一名叫林永安的人，還好他遇到我。妳差一點害死一條生命，爲什麼要這樣做？」

「我……」

阿官一開口，立刻被白素音揚聲喝止：

「妳到底以我的身分做了幾件錯事？別說妳在爲我設想，妳這是在害我！不必再說了，跟我回去，仔細交代清楚。」

阿官低下頭，偷瞪一眼唐東玄，跟上白素音身後，兩縷身影消失在夜空中。

到底怎麼回事？唐東玄有不妙的預感，他捏緊袋子，直奔「鬼市」而去。

漆黑一片。再往前，還是黑漆一片。繼續往前，更是烏黑暗懵。

沒有燈光、沒有星星、沒有行人……唐東玄一度以爲自己走錯了。

但不可能，他很熟「鬼市」的！

伸手在地上繞一圈，唐東玄站立處出現了圓圈。他在圓圈內，跺了跺腳！

他想召喚土地公問話，但是施法了三次，完全召喚不到。

急切中，唐東玄口誦咒語……整個人往上升，以鳥瞰姿勢繞了一圈，放眼所見還是昏黑、暗冥。

接著他再升高，還是看不到什麼，就連鬼影幢幢的陰靈、鬼魂也不見半條。

極目望去，看到的只有殘垣頹壁、破敗荒蕪，「鬼市」像一片廢墟，不復往昔鬼來鬼往的熱絡。

不可能。一大群無法算計的鬼靈、惡靈、魂魄、死靈、妖物，完全消失不見！

不可能已經全部都去投胎轉世，更不可能移到別處……唐東玄找得心焦氣急。

於是他第三度再次往上昇，若擴展視野，遠距也許可以找到……

北方，隸屬黑色的北方，有一大群隊伍分成三路，迤邐而行，不像人，也不像是「鬼市」的陰靈、鬼魂，那是什麼？

唐東玄極盡目力遠眺……有步履健壯、也有緩緩而行，看這成群結隊，難道是要搬遷他處？還是鬼魂陰靈鬧叛變？

可是，這一群看來不像是鬧叛變……唐東玄忽而想起，阿元來找他時，說過：「鬼市」突變，如今一片紊亂，非常緊急。

但他召喚不到土地公，難道連土地公也出事了？

算了，追上去再說。想著，唐東玄誦出咒語，駕起一團雲霧，往北方奔騰而去。

須臾間，唐東玄已追上了北方三支隊伍中右邊的這支。他身子往下降，看見隊伍連綿好長好長。

在隊伍中段，唐東玄攔住最末一位押陣者，「請問……」

唐東玄一轉眼，看到這個人（姑且說它是人）手上握著一柄「夜魔斬劍」。他心裡大驚，脫口道：

「你是……夜叉王？」果然它不是人。

「行者好眼力。」夜叉王舞弄著手中「夜魔斬劍」，神態恭謹，「請問行者怎麼稱呼？」

「唐東玄。」

一聽這名字，夜叉王現出恭謹神態，「行者大名鼎鼎，如雷貫耳。」

唐東玄尚未回話，夜叉王手上那把「夜魔斬劍」，倏地砍了過來，唐東玄立時隱幻身軀，移向旁邊幾步，又現身出來。

「夜叉王，你這是在做什麼？」

「情非得已。我知道沒辦法殺你，總要做做樣子嘛。」

「爲什麼要殺我？」

「我什麼都不知道，我們聽命阿修羅殿下吩咐。不得已，還請見諒。」

說這什麼話？唐東玄冷哼一聲，「原來不是不知道，而是阿修羅殿下命令你不准說。」

「喔喔喔……行者聰明。敬請原諒。我也是不得已。」

夜叉王統率夜叉部眾，只是部眾、法力等各方面都不及阿修羅，因此向來都臣服於其下。

看來再問也問不出什麼，唐東玄又不慣於使用暴力逼問。他竄上夜空，跳上一朵雲霧，不久後，出現在最左邊那一列隊伍。

躍下雲霧，唐東玄發現這一列是羅剎領隊，押解著一群「鬼市」亡靈。羅剎部眾跟夜叉部眾差不多，制度也雷同，只是名稱不同而已。唐東玄估量著，看來不問也知道，羅剎也是奉阿修羅殿下的命令行事。

唐東玄思索一會，再度躍上雲霧，飛騰向中央那列隊伍，由夜空俯瞰，他心想：

——好大的陣仗，這不是「百鬼夜行」，應該稱「千妖萬怪傾巢而出」了。

一會兒之後，唐東玄下降，在隊伍最後面，他隨手攀住其中一位的肩膀，揚聲道：「請問——」

前面這人轉回身來，忽抬手遮住自己兩眼，由手掌隙縫看著唐東玄。

原來，唐東玄是修行人，身上周遭會散發出一圈柔和、溫煦的白色光芒，普通凡人看了沒什麼感覺，但只要是鬼怪、幽靈、非人類的各種其他物類，都能看得到。

而唐東玄周身散發出來的白色光芒會刺激它們的眼睛。

唐東玄看到它，心中了然，不得不暗想自己猜得沒錯。

只見它頭上有兩根短紋角，兩眼特別大，下巴特別尖細，眼白是很淡的淡青紺色。阿修羅部眾分七個等級，由頭頂的紋角長短以及眼白色層，可以分辨出它的等級。

眼前這位，當屬於最低階的七級部眾。

看到唐東玄，它向唐東玄合掌，同時自報身分：

「見過行者。小的是阿厲，阿修羅中最低級部眾。」

唐東玄脫口而出：

「不不，您太客氣，修行沒有高下之分。請問，你們從『鬼市』出來嗎？」

阿厲點頭，這時唐東玄才看到，阿厲押解著一排男鬼，其中最末一位男鬼轉回頭，猙獰鬼臉變得更醜陋，一眼就認出唐東玄，它哀嗥著：

「唐先生，請救救我們大夥……」

「這怎麼回事？」唐東玄攏聚一對劍眉問阿厲。

阿厲聳聳肩，「回行者。我們奉命抓盡『鬼市』所有的陰靈、鬼魂、妖孽，一個都不能放掉。」

「『鬼市』犯了什麼錯？」

「小的不清楚，只是奉命行事。」

雖然低階部眾知道的不多，可是相對的，低階部眾比較會坦白回話。

「嗯……請問，『鬼市』周遭的小妖界、冥界，是否也都受到池魚之殃？」

阿厲搖頭說不知道，因爲它的職責只在押解「鬼市」陰靈。

唐東玄點頭，又問：「你知道土地公在哪？被誰抓走？」

「我們阿修羅五級部眾，抓著土地公到前面去了。」

土地公現況果然不妙，唐東玄又問：「前方知道是誰領隊？」

「小的看到有我們阿修羅頂級部眾在前面，可是由誰領隊就不知道。」

「有沒有可能是……殿下？」唐東玄又問。

阿厲雙眼縮皺著，搖搖頭。唐東玄心中有譜，是阿厲不敢說。

謝過阿厲後，唐東玄轉身往前飛奔而去。

奔飛到一半，唐東玄被阻擋住了！

是白素音！

她曼妙身軀旁邊，伴隨著臉色寒肅的阿官。

「你怎麼不聽我的話？不是叫你別來？」白素音口氣惶急。

「謝謝妳的關心。」唐東玄不冷不熱地回：「請妳讓開，不要阻擋我的路。」

「你想來送死？」白素音姣顏不再娟秀，而是滿滿的焦慮。

唐東玄恍然大悟：「呀！我知道了，是妳率領阿修羅，還命令夜叉、羅刹來收服『鬼市』，羈押亡靈、鬼魂？」

「我……」白素音頭才搖一半，一旁的阿官截口揚聲：

「唐東玄，你未免管太多了。『鬼市』跟你什麼關係？」

倒抽口寒氣，唐東玄胸前漲滿一股氣焰。

「請問，『鬼市』跟阿修羅界究竟有什麼深仇大恨？為什麼要跟『鬼市』過不去？要對『鬼市』趕盡殺絕？」

白素音咬緊小巧又可愛的嘴唇，身軀微微顫抖，竟是說不出話。

「哼……跟我們過不去的，是你——唐東玄！」阿官冷笑。

「所以是我跟你阿修羅界有仇？那你們找錯對象了，應該衝我而來才對！」

唐東玄也豁出去了，「好，冤有頭債有主，是我的錯，我該承當，賠上我的命。請你們放了『鬼市』所有——」

「太慢了，你說這些都是廢話，已經太遲了。」阿官加強語氣說。

唐東玄還想說服對方，他轉向白素音。

「所以，妳三番兩次到『鬼市』找碴，假冒鬼市賣假藥、意圖刨開小棺材，取小蔭屍油、又煽惑『鬼市』亡靈造反，種種目的都是我？都是因爲我的錯？」

白素音攏緊一雙彎月眉，美眸閃著一層浮光。

「你又錯了！」阿官心疼地看白素音一眼，又轉向唐東玄，「這一切都是我做的，跟我家公主無關。」

唐東玄愣怔好一會，深邃星眸也漾著許多說不出、道不盡的物事，盯著白素音，「不是妳嗎？不是妳帶人到『鬼市』搗亂？」

白素音哽著喉嚨，好深好重的誤會。即使不是她，但是她清楚阿官一片護主之心，而她無法置評，只是一顆心被許多、許多的酸澀侵蝕得疼痛不已。

「那位在假『鬼市』裡賣假藥、要刨小蔭屍棺材，兩度出現的那一位攤販老闆，不是妳嗎？」

唐東玄心裡突然湧上歉疚，難道是他誤會了？就因那位攤販老闆丟出那條絲巾，上面繡著她的名字，引發了自己多少誤解？

白素音沒有反應，唐東玄接口，揚聲道：

「就算不是妳，屬下犯錯，主人沒有阻止，等同縱容，罪加一等。」

白素音迅速瞄一眼唐東玄，隨著淚水無聲滑落，碎了的心也墜入深深谷底。

就在這時響起一道渾圓、雄壯粗嘎笑聲。

「你錯囉，唐東玄，那是我。是我喬扮攤販老闆，呸！呸！那什麼東西？老子我還嫌那身分低賤！」

所有人轉眼望去。粗獷、高壯、臉容醜陋、猙獰的壯男現男，渾身上下俱都有稜有角，赫然是阿修羅殿下，也是白素音的哥哥。

「既然嫌身分低賤，爲什麼要……幻化成攤販老闆？還帶著絲巾？」唐東玄不解。

阿修羅殿下仰天狂笑一陣，止住笑，猙獰開口：

「你不懂吧？渾小子，沒看出我當時有病在身？」

唐東玄不示弱地頷首，「當然看出來，只是我很奇怪，既然有病、有藥，爲何不吃自己的藥？」

「錯！幻化成攤販老闆，故意讓你看出我有病、又露出絲巾，目的要告訴你，我妹妹……有病！」殿下搖頭，「萬萬想不到，對我妹妹，你一點也沒有關愛之意。」

唐東玄非常意外，燦亮星眸轉望一旁的白素音。

殿下伸手指著唐東玄，轉向白素音，「妹妹，這個人，妳還是早早放棄算了吧。」

只見白素音娟秀臉顏，轉成紫暗色，怒聲喝道：「原來是哥哥偷了我的絲巾？」

「老哥我都是爲了妳呀！傻妹妹！」

白素音再也忍不住，「嚶嚀！」一聲，轉身飛奔、消失在夜空中。

殿下急吼：「阿官，快點追上去。」

阿官得令，充滿怒氣地瞪一眼唐東玄，便朝白素音方向追去。

對上殿下的凶猛雙睛的同時，唐東玄才看到他身邊的土地公。唐東玄連忙上前關切，但是殿下大手一拉，把土地公往後一拽，土地公腳下踉蹌，差點摔倒。

「請放開土地公。」唐東玄說。

「如果我不呢？你打算怎麼辦？」殿下大眼貯滿惡意地看著唐東玄，怒道：「現在我親口告訴你，我妹妹有病，你居然一點都不關心她什麼病？」

唐東玄劍眉深鎖，不想再提有關白素音的事，向殿下數落：

「殿下數度侵犯『鬼市』、騷擾『鬼市』，現在又戕害『鬼市』、綁架眾陰靈和土地公，難道一點反悔之心也沒有？」

殿下粗獷雙手一攤。

「你太不了解我阿修羅啦！看看我，強者為王，這是自古以來的定律。你小小一個修行人居然敢狂妄地對我說教。如果不是看在我妹妹份上，呵，十個你也無法抵我一槌。」

說著，殿下揮了揮手上修羅槌。

「我是我，跟你……阿修羅公主毫不相干……」

「瞧，瞧！就你這個固執爛脾氣，真的想不透，到底我妹看上你哪一點？」

殿下誇張地用力一揮修羅槌，意圖驚嚇唐東玄。

詎料唐東玄不為所動，高頎身軀依然挺立，夜色颳起陣陣寒風，吹得他衣衫飄飛，宛如玉樹臨風。

「呸！呸！不過一個弱小子，想我阿修羅眾多優秀部眾，個個都比你強悍、勇猛。我妹到底看上你哪一點？待我把你剷除掉，讓我妹妹徹底死了心。」

唐東玄聚攏劍眉，平心靜氣地回：

「請勿轉移話題。目前我只有一個請求，請殿下釋放土地公以及所有『鬼市』的亡靈、陰差，讓『鬼市』恢復原狀。」

「可以。」殿下爽快地一點頭。

土地公訝異地看殿下一眼，唐東玄也相當意外，正想道謝，話未出口，殿下已然接口：

「我只有一個條件。」

「請說。」

「當我阿修羅駙馬，娶我妹妹。」

唐東玄皺緊眉心，又舒展劍眉，平心靜氣地說：

「承蒙殿下厚愛。但是殿下也是修行人，難道不明白修行人的戒律？」

「說得好！」殿下用力拍拍自己胸口，「我也是修行人，看看我都娶了幾個老婆，要不要叫她們出來跟你見面？」

「殿下請勿說笑，個人修行，個人皆有規約，我跟您的規約豈可一概而論？請趕快釋放土地公和『鬼市』所有的——」

「免談！」殿下口氣忽然變得凶戾，「別浪費我的時間。一句話，要不要答應我的條件？」

唐東玄鎖緊眉心，這什麼條件呀？他哪可能答應？

一旁的土地公，忽然閃眼，白毫眉毛一跳一跳的，轉向殿下說：

「殿下，請讓我回去，跟他談談，好不好？」

「你確定可以說服他，我才會放你回去。」

「噯！我會盡力！殿下必定有耳聞，唐先生常來『鬼市』幫忙許多亡靈解困，我跟他是同路人，只要我盡力勸說，加上攸關一大群亡靈、鬼魂、妖怪的眾妖鬼身安全，您想唐先生會不答應嗎？」

「土地公，你不要亂開支票。」唐東玄急忙說。

殿下眨眨猙獰大眼、深青紺色眼白，想了想，點頭說：

「老土，我准了。但我有個條件，倘若他不肯，你這條老命也別想要了。兩天，給你兩天期限。」

說完，殿下大手一揮，整整三大列的「千妖萬怪」，總括押解的、被押解的，繼續往北方而去。

趙建倫把主人唐東玄和土地公迎進屋內，一對眼珠子始終在土地公身上打轉。在這裡住久了，多少曾聽唐東玄提起「鬼市」種種，時常耳聞土地公大名，而今親見本人，趙建倫更是好奇，土地公的一舉一動，他都沒有放過。

回到家後，唐東玄和土地公兩人一直沉默無語。趙建倫不免感到奇怪，管理偌大一座鬼城的「鬼市」主人，看來一點都不可怕，還顯得鬱鬱寡歡、心事重重？

整夜無話，次日一大早，趙建倫準備早餐時，發現土地公更早就起床，在一樓背負著兩手，來來回回踱步。就因知道土地公管理亡靈、鬼魂、各種妖怪，趙建倫有敬畏之心，不太敢跟祂搭話。

不久，唐東玄也起床、下樓，用過早餐。他和土地公落座在客廳，趙建倫泡一壺熱茶奉上，就肅立在旁，等候差遣。

土地公看看唐東玄，吐出重重一口氣。

「你……都準備好了吧？」

「準備什麼？」唐東玄訝然反問。

「啊？我今天就得回復殿下，你都不講話？不是都準備好了？」土地公一對花白眉毛都糾結住了，「我都急壞了咧。」

「我也很急呀。」

看他始終一派慢條斯理，根本看不出他急在哪？

土地公反問：

「你急什麼？」

「我擔心眾亡靈、鬼魂，還有冥界小妖們會不會受欺侮、吃虧。」

「喔喔，你也知道，咱們『鬼市』眾鬼靈，雖然有幻變法力，可是遇上那群窮凶惡極的……別說阿修羅，光是夜叉、羅剎，眞要拚起來，不見得就拚得過它們，所以你應該早下決定呀！」

「對呀，我正在想……」

「不必想啦！只要你開口答應娶阿修羅公主。你想想，『鬼市』跟阿修羅，大家都成了親家，豈不皆大歡喜？」

肅立一旁的趙建倫聽了，身軀微一晃動，低頭偷笑。

「那是不可能的。」唐東玄俊朗臉容無端平添一層暗沉，可見他意志甚堅。說著，唐東玄斜瞄一眼趙建倫，害趙建倫急忙肅立得更挺直，並低下頭。

「拜託，『鬼市』遭遇大劫，就快滅市了，難道要我向你下跪？你才肯搭救大夥？」

唐東玄深邃眼眸，閃出晶亮星芒，「我倒是有個腹案。」

「那還不快說？今天是期限最後一天，不要急死我老人家。我可不想見到任何陰靈、鬼魂、小妖受到任何傷亡。」

唐東玄抬臉，正視著土地公，說出他的方案：

「很簡單，我修一封信函，請你送去天界，求天兵、天將出手搭救。」

土地公眨巴著一對老眼，白眉毛跟著晃了晃。這表情，顯示祂相當猶豫。

「怎麼樣？」

唐東玄認為這是個好主意，怎奈，土地公好半天都沒接話。唐東玄幾度催促，祂才開口：

「我……老土不是不信任你，問題是，天界願意嗎？」

「這是個大事件，天界應該不會拒絕。」

「還有，憑我一個行動老邁的老傢伙，去天界那得要多久？你懂不懂天界有多遼廣，我去哪？找誰？」

「很簡單，就找天兵天將——」

「我知道天兵天將，天兵聽命於天將，你知道嗎？天將也有很多，祂們總有名字吧？我要找誰？」

「聽你口吻，是不太想請求幫忙？」

「不！不！我的意思是，只要你唐東玄一句話：我願意娶公主。那就結啦，簡單又迅速，『鬼市』的所有夥伴，一個都不會受到傷害，而且馬上就被釋放，事後，你可以遠走高飛，或躲藏或……」

「你這個主意很糟，要人也要看對象，以爲阿修羅很好騙？上天入海、下地獄，它們放過了誰？」向來溫文儒雅的唐東玄，這會兒俊臉嚴肅，「我說過，我不可能答應！」

土地公呆愣了好一會，不死心地問：「爲……爲什麼？」

「你也知道，修行並不容易，你更知道，我累世修行，今生好不容易懂得如何繼續積存法力，才能幫忙『鬼市』。豈能一句話、一夕之間，就毀壞了我累世的辛苦修行？」

「我知道。但是我更知道，行者有大誓願：我不入地獄，誰入地獄？」

「錯了，那是地藏王菩薩的宏大誓願。我，唐東玄，沒有這個能耐。」唐東玄言詞嚴峻，英挺俊俏臉龐都變得更加冷肅。

土地公囁嚅張嘴，待欲再勸說，唐東玄已接口：

「口舌之爭，無濟於事。你要耽誤時辰？恐怕受傷害的是『鬼市』眾靈。」

土地公無語閉上嘴，一旁的趙建倫以欽佩眼神看著唐東玄。

唐東玄開口道：

「我上樓去書房準備。」

「等……等等，我要找誰？哪一位天將？」

「放心，我自會準備周全。」說著，唐東玄自顧上樓去。

土地公搖頭嘆息，轉向趙建倫開口，又似乎自說自話：

「你這個老師太固執，不懂得權衡輕重。我們『鬼市』危在旦夕呀。」

機會來了，趙建倫終於能跟土地公搭上話。

「是喔。可是要堅持一個意念也不簡單。」趙建倫忽然傾身，放低聲音：「自古有句話：英雄難過美人關。尤其是當前有個大美女。」

土地公大愣，「你見過阿修羅公主？」

「沒有。我看過一些書，上面有記載。還有，若非大美女，怎配得上我的老師？」趙建倫愈說愈大膽，「若老師不夠堅定固執，怎麼有能力幫忙『鬼市』？」

土地公有趣地打量趙建倫。

「唉唷唷，你個毛頭小子，這麼機靈？果然強將手下無弱兵。」

一會，唐東玄下樓，手上拿了幾張紙：兩張黃色符籙紙、一張信函，交給土地公。

土地公一看，信函上收件人是：「毗沙門天王」。

唐東玄說：

「兩張符籙紙，一張能迅捷帶你前往天界，一張則是迅速返回『鬼市』。」

「等等，那我要往哪個方向走？」土地公問。

「阿修羅押解大夥往北行，我們的時間緊迫，請你也往北方去。毗沙門天王就住在須彌山山腹的北方『水晶埵』，把信函交給天王即可。」

土地公點頭，又有點擔心地低喃：「要是天王不肯呢？」

「放心，看到這張信函，天王一定會幫忙。請早些出發，我等你的好消息。」

整棟透天屋子，暫時是安謐了。

趙建倫不敢打擾唐東玄，無論做什麼事，都小心翼翼的。

而唐東玄始終沉寂地不發一語。忽然他心中一動，屋外似乎有動靜？

走出書房，唐東玄登上三樓陽台，從陽台上往四周遠眺……只有一片平靜。他看一眼北方，如果開始了，北方天空應該會出現徵兆。

但目前爲止，都沒有動靜。

他相信毗沙門天王不會不肯幫忙，但萬一他不肯，那就表示「鬼市」氣數已盡，若眞如此，誰都無法改變！

下了樓，唐東玄交代趙建倫，說自己要靜坐，兩個小時以內，都不要打擾他。

再回書房，唐東玄準備靜坐的必備用品，坐墊、毛毯，忽然身後傳來一股輕微波動……有人？

他迅速轉身，沒有，一切都是空泛泛，他深邃星目掃一眼整個書房，波動再度移動……移到書桌前，然後又轉移向他……

沒錯！他感覺很準確，有一道隱住身形的……不知是什麼東西！

基於上回的經驗，他不敢亂伸手，但他正準備靜坐，不能受到半絲騷擾。

「誰？不要讓我動手，趕快出現。」

沒有回應，於是他口中喃喃誦起咒語，手結手印，向前一指！

「唉唷！」一道女子聲音傳來，接著女子現出原形，雖然是個陌生臉孔，但身材凹凸玲瓏、臉容嬌俏，一對青紺色眼白洩漏了她的身分。

「阿修羅女？」唐東玄訝然出聲。

阿修羅女子個個都長得很漂亮、端正，男阿修羅卻長相猙獰、醜陋，但秉性易怒、瞋恨心強。

「哼！」女子轉眸瞪唐東玄一眼，「算你厲害。」

「還不快報出名來？」

「大奴。」大奴伸出蔥白也似的纖細手臂，「拿來！」

「什麼？」

「不是你的東西，趕快拿出來還給人家！」

唐東玄莞爾一笑，「早聽說阿修羅女子長相端正，但本性霸道，果然沒錯！」

「哼！早聽說天人長相俊俏，談吐溫文儒雅，想不到……」大奴在唐東玄周遭緩緩繞圈子，上下打量他，口吻不屑，「今日一看，太令人失望了。」

「我不是天人，長相也沒有姑娘說的好。」唐東玄神態自若，說話不慍不火，「姑娘沒說跟我要什麼東西，態度又這麼霸道，真讓人失望。」

大奴這才想到，對喲，怎麼忘記說……她不安地轉轉頭，眨巴著眼，揚聲說：「絲巾啦！我家公主派我拿回她的絲巾。」

「哦。」唐東玄猶豫了一下，繞向書桌後，從抽屜裡拿出淡紫色絲巾，交給大奴。

大奴很訝異，絲巾居然還摺疊得四四方方。大奴一把搶回，收妥絲巾，話不多說，瞬間化成一陣煙，煙霧往窗口竄出去。

唐東玄呼出一口重氣，心想早該還了，太忙了，都怪我沒注意到。

忽然「嚶嚀！」一聲，響聲自唐東玄背後竄起。背後是書房的角落，他嚇了一跳，大奴不是離開了嗎？

他急忙轉回身，星眸映出一道曼妙身影，身影突兀地倒下地。

原來這才是白素音。她修行高，法力強，大奴就差了一大截，隱身術當然也有高下之分，難怪唐東玄察覺不到。

看到白素音倒下，唐東玄本待不理會，忽然想起她似乎有病，遂好意上前，伸出瓷玉大手想攙扶她。

詎料白素音一閃躲開，在地上打個轉，一躍而起，站定曼妙身子。她沉魚落雁般的容顏，此刻卻掛滿珠淚，任誰見了，都會起我見猶憐之心。

唐東玄有點驚訝，因而呆愣著，進退不得，好像也忘記了該說什麼。

看到白素音抬起皓腕，抹掉淚水，唐東玄開口問：

「妳……妳什麼病？不舒服嗎？」

「多謝關心，你還是去關心你『鬼市』的朋友吧。」

他無話可接，又不知道該說什麼。

「妳的絲巾，我已經歸還，還給了妳家大奴。」

聞言，白素音更生氣了，黑白分明大眼直直盯視著唐東玄。被她這樣盯視，唐東玄有些發慌，無端想起她哥哥說的：娶我妹妹！

現在本人就在眼前，叫他好不尷尬，同時他也暗恨自己，平常在「鬼市」無論跟誰都可以滔滔不絕談話，現在面對眼前的佳人，他竟有手足無措之感。

「你以爲絲巾還給我，我們之間就了無瓜葛，一切都扯平了？」

「我先聲明，妳的絲巾，不是我拾到，也不是搶來的，是妳……妳……」

「誰問你這個？」白素音跺著腳。

「抱歉，不然妳想問什麼？」

「你不是要查你以前的罪狀？你查了嗎？」

「哦……正想查……大奴就出現了。」

「所以你還是不肯相信我說的？你的罪狀重重疊疊，道不完、說不盡？」白素音怒目。

「提起這個，沒錯！我還眞是不太相信自己是這麼凶惡的人。既然這樣，殿下何不殺了我，爲什麼要拘押『鬼市』所有的亡靈、鬼魂，難道他眞想殲滅『鬼市』？」

「你怎不去問我哥哥？」

「問妳也一樣。」

「好！你說的，問我也一樣？」

白素音美眸斜看著唐東玄，見到她這副風情萬種模樣，唐東玄星眸忙轉望地下，用力點頭。

「嗯，我的回答……」說到一半，白素音忽爾頓住。

唐東玄劍眉微聚，抬眼看她。只見她雙腮紅豔豔一片，明眸飄忽，也不敢看唐東玄，嬌脆聲音壓得低低：

「當我阿修羅國駙馬。」

世界突然停止運行，兩人的眼眸同時對上了。你看我，我看你，彼此之間，似乎互傳著一股……說不出來的情愫。

不知道過了多久，唐東玄星眸燦芒一閃，低下眼。他不敢道出拒絕的話，那太傷人了，只輕輕一搖頭。

白素音錯愕又羞赧，緊緊咬住小巧紅唇，倏然一轉身，就要跑走。唐東玄跨前一大步，一下子就攫獲了她單薄香肩，促聲說：

「如果我的罪狀深重，妳儘管抓我、殺我，我毫無怨言。唯獨……當駙馬這件事，我沒辦法答應，請妳原諒，求妳、求殿下，盡快釋放『鬼市』大眾。」

白素音死也不肯回頭，可是從她顫抖的香肩和身軀，唐東玄知道她在哭！

但是她咬住牙齦，迸出冷寒脆聲：

「你寧願死，也不肯……當駙馬……」再也說不下去，她側著螓首，冷聲道：「放手！」

「公主，請聽我說，」唐東玄急促說：「天底下比我好的男子很多，請您——」

白素音用力拍掉唐東玄的大手，縱身一躍，同時幻化身影，消失在窗外。

沉凝了好久，呆了好久，唐東玄還是很掛心「鬼市」大眾，土地公又全無音訊，無計可施之下，他回想白素音斬釘截鐵的話語：

——你的罪狀重重疊疊，說不完、道不盡。

究竟自己犯了什麼滔天大罪？會引得殿下發動阿修羅部眾，甚至連夜叉、羅剎也出動，分明就是要剷滅「鬼市」。

如果毗沙門天王不肯幫忙，那他只能以死謝罪，求殿下釋放「鬼市」眾靈。

想到這裡，他覺得眞的有必要探知自己過往，到底犯了什麼嚴重罪行。

這時天色逐漸暗沉下來，唐東玄拿起室內話機，樓下的趙建倫接了。他交代趙建倫，從這時辰開始，謝絕一切外緣、客人。

接著他燃起檀香，落座到坐墊，拿起毛毯，蓋住自己雙膝腿，開始靜坐。

剛開始，心緒一團紊亂，不過憑藉多年薰習，唐東玄很快就進入太虛幻境……

眼前，浮起一片朦朦朧朧，這場景，很熟悉……是的！**修羅戰場**！

修羅戰場，煙霧迷漫，漫天殺戮。

大梵天的神兵天將與阿修羅部眾，殺伐達旦。

只見刀來劍往、槍戳戟刺，不知大戰了幾個日夜。

七七四十九天後，終於阿修羅這方現出敗象，雖然另一方也疲憊至極，但梵天神將鼓起餘力，奮勇之下，阿修羅部眾不敵，終至四下潰散。

他神目灼切，盯緊那名頭戴鋼盔，臉覆猙獰詭怖、黃金面具的阿修羅首領。看得出首領渾身是傷，卻仍神勇地奮力斷後，等部眾們退遠了，他才耍出漫天槍花，雙腿一蹬，倒提長槍，座下馬匹打横，飛奔向絕命谷。

他愣怔了一下下，旋即一夾腿，策馬追上去。

一股雄心讓他忘記了，絕命谷是禁地。

越過坳壑、巉巖、嶙峋峭岩，直抵垓埏，卻不見了首領蹤跡。

他下馬，趴在地上傾聽……沒有馬蹄聲，首領下馬了？既然下馬，應該在附近。

他提著戟，耳聽八方，迂迴前進。

「噹！」一絲輕響傳來，他卻步凝神，分辨聲響出處，躡足轉向右方。

這裡是一小塊平台，寒風凜冽，平台面向深壑斷崖，深不可測，山嵐帶著濃濃黑氣，宛如鬼魅四下遊走。

忽然身後傳來一縷破風聲。他神目一眨，偏頭閃開，同時手中長戟往後下方橫掃，迅即回身移位……嚇！是首領。這一戟正中首領小腿，令他往後仰坐在地，小腿汩汩流淌出墨綠色血液。

他無意乘勝攻擊，不過心底升起疑惑：首領也忒弱了，難道他傷得這麼嚴重？

「你是阿修羅王？」他揚聲問。

首領冷哼著，別過臉去。

他冠玉似的臉龐毫無表情，驀地跨前一步，出戟挑掉首領猙獰可怖的黃金面具。

首領欲閃已不及，面具連同鋼盔，脫落吊在戟尖。

剎那間，一張美艷絕倫嬌顏乍現，以及一頭飄逸長髮，令他驚得退一大步。

一個是神光炯熠，一個是美眸飄渺，四目交接，各懷心事。

終於，他上前，伸長猿臂，欲拉她起來。

「妳受傷了，得趕快包紮。」

他低沉磁音重重敲擊著她鋼鐵般的心，兩國交鋒，殺死或擄獲對方將領，可是大功一件。料不到他並不乘人之危，使她非常訝異……

她猶豫著要不要接他厚實的大手，忽然斜刺裡竄出一道黑影，猛烈撞向他。他完全沒防備，戟脫飛，摔落斷崖，好在手腳敏捷，緊攀住崖邊嶙岩，雄偉身軀掛在懸崖邊緣。

「公主，快，殺了他。」原來垓埏穴洞到處蟄伏著阿修羅小卒，「功勞是您的，小的不敢居功！」

驚愕後，公主迅即恢復神識，她彈跳起來，提槍奔向崖邊，槍尖朝向他，兩人再度四目交接，各懷心事。

他毫無懼意，眼神依舊炯熠閃亮，其實腳下兩朵彩雲早已托住了他的身軀，不可能掉下崖底，但是他有意按兵不動，等她下一步。

她鋼鐵般的心，竟泛起波紋——這，眞的不可思議，更不可能！

「公主！快！快下手啊！」一大群修羅小卒先後奔近，雀躍地彈跳，意圖將崖岩跳斷，讓他掉下深淵。

他和她，雙方僵持著……寒風狂烈的呼嘯，吹得他倆戰袍獵獵飛揚。

唇角勾起一抹輕微的顫動，她向來冷酷無情，不信這顆冷鐵之心會起波瀾。不過剛才他並未乘人之危，這會兒，她能落井下石嗎？

阿修羅雖然耽於瞋恨，卻非不仁不義之輩，公主的意念千迴百轉。

她高舉的槍突然往後大橫掃，驚詫的眾修羅部眾，被逼得四下散退，公主將槍頭遞向他，嬌脆聲揚起：

「拉住，上來。」

他冠玉似臉容微現淡紋，明白了——原來是阿修羅王的公主。

「伸出妳的手，我才肯上去。」

「你……不要命！」語氣又急又冷，更有濃烈訝異與不悅。

「嗯！妳不出手拉我，我就……喪命在此，讓妳領功。」

公主小嘴微張，雙腮紅透，嬌嗔他一眼。她猶豫復猶豫……終於，棄槍，伸長了柔荑，她與他雙手交握間，流竄出千年輪迴。

遠遠圍繞著的許多修羅部眾、小卒們，全都瞪大可怖的眼睛，不可置信地盯住眼前這一幕。

數名長老級的修羅部眾，面面相覷，其中一名長老，憤怒下達命令：

「哼！公主……該死！這是大逆、大逆啊。來人，還不快去通報阿修羅王！」

一場慣常的修羅戰事，讓身爲天人的他，與阿修羅公主滋生情愫。之後，兩人常暗中會面，要知道，阿修羅和天人素來是天敵，一旦被發現了，兩個人不見容於天界和阿修羅界。他就親眼看到公主爲了抗拒阿修羅王，受盡嚴刑、酷罰，自己也一樣受到嚴厲懲處，被關進牢獄數百年。眼看兩人堅不聽勸，不肯放棄對方，於是雙雙被判投胎人界受苦，歷經無數次的輪迴……

「深院靜，小庭空，斷續寒砧斷續風……」

忽然一個尖銳喊聲，劃破沉寂的夜空。

「啊～～夫人，夫人！不好了！」

急促高吼聲沒有將她拉回去，她完全沒有停頓或稍歇。

她穿過戶牖、穿過中門、大門，一逕往前……都是孰悉的庭院與路徑呀！

意念像煉錘，錘錘都錐心，前塵往事呀，因而更鮮明的翻滾在她心中。

五歲時，奶奶抱著她，乘著軟轎，第一次走過這路徑、上山，然後是寺院。

奶奶跟法師們在中殿誦經，寺裡的肅穆，懾得她呆立在中庭院槐樹下低泣。

他出現了，向她招手。

「妹妹不哭，我有彩色石頭，很漂亮，來！給妳。」

兩人玩在一塊之後，每回、每趟她都纏著奶奶去寺院。

年紀略長，她跟奶奶擠在軟轎內，雀躍地探頭望轎窗外，奶奶不斷拉她回來，「乖孫，相府千金不能拋頭露面啊。」

他叫智空，小時候，領著她玩耍；及長，常要跟她講佛理。有時在中庭院槐樹下；有時在後院；有時在繁花盛開的花園。

她聽得似懂非懂，但只清楚知道，她喜歡聽他說話，喜歡跟他在一起，愛煞他的冰清玉潔、清風道骨。

花徑、庭院、花園……寺裡到處都有過往蹤跡，只是呀，雪泥鴻爪，不復追尋！

十五歲，奶奶歸天，寺院裡足足辦了七七四十九天的法事。頓失慈愛的奶奶，她惶措無依的心，一股腦全投向他。

她找到機會，刻意與他相見，把心裡的委屈一逕向他傾訴：

「怎辦？奶奶走了，我才知道，爹、姨娘老早將我許給王將軍的兒子，我不要。」

智空卻神閒氣定地恭喜她。原來幾年前，奶奶就私下告訴過他了。

她又驚又怒，怪他怎沒告訴她？最重要的是，怨他一副無關緊要狀。

「你……不知道嗎？我……」她跺著腳，欲語還羞。

「妳是相府千金，我是和尚，我，從來沒敢忘了自己身分。」他垂下炯熠雙睛，截口說。

心，淌著血，她不信他不知道她的心意，但……他竟然一副淡然無波。

「金剛經云：一**切有為法，如夢幻泡影，如露亦如電，應作如是觀**。」

「不！你如此眞實，我也確實存在，叫我如何作夢幻泡影觀？」

「佛經云：成、住、壞、空。色身，會老化、腐朽、敗壞，終歸成空……」

「我不要聽！」縹緲美眸，飽含晶亮淚珠，緊緊盯住他俊朗臉龐。

當初無法接受他的講法，也不肯聽他的道理，但現在呢？一切皆惘然了。

想到這裡，她千瘡百孔的心又劇痛起來，搖著頭，甩開的長長髮絲，僨張如一面無底大黑網。

依戒律，出家眾必備四威儀：行如風，立如松，坐如鐘，臥如弓。

此刻，僧房內，他坐如鐘，平冷如一方明鏡。眞能如一方明鏡嗎？思緒卻悄悄翻湧不止，既然生而爲人，孰能無情？

然而「**色聲為無生之鴆毒，受想是至人之坑穽**」。

回溯往昔，一念心動，墮入凡間，受盡生老病死諸苦，種種折磨，讓他僅餘、尚未泯滅的一絲靈台覺醒，懂得修行，因而牽及宿世因緣。

「**百花叢裡過，片葉不沾身**」。這輩子，不敢有任何奢求，只祈望不沾、無染，不沾染俗情凡塵愛慾，冀望能見性成佛，脫胎換骨，一身清淨地回歸天界。

她終於又來到了僧房前，數度舉手，想敲開他的僧房木門，但敲得開他的心嗎？她只想知道他的心中，到底曾爲她打開過沒？即使只是開一縫，一絲絲隙縫，心願足矣！

咦？有一道人影踉蹌奔近，她連忙移身，隱入樹叢內。

人影奔近，用力敲著木門，喊道：

「開門！快開門！」

「誰？」

「智空法師！我是杜鵑！相府的杜鵑，快開門！」

杜鵑？可不正是她的貼身丫鬟？她來幹嘛？

木門「呀然」而開。

智空頎長身軀從門後出現了，看到他依然氣宇軒昂、卓爾不凡，她的心再次錐慟難當。

「智空法師，請你趕快逃，我家老爺已派出府兵要來殺你！」

「爲什麼？」夜空下，他炯亮雙眼，宛如燦星。

「我家小姐，上吊歸天了，老爺震怒非常。」

樹叢內的她，這時才豁然明白，原來自己已成了一縷幽魂，但卻只記得他，千里迢迢，只爲了見他一面，傾訴衷情！

「什麼……？小……小姐……她爲什麼？」智空清癯俊臉驀變青黑，頎長身軀，劇烈搖晃，忙扶住門框。

「小姐不肯下嫁王公子，但無法抗拒老爺，竟然走上絕路。你……快逃命要緊呀！」

「不，我……我要見她一面，嘔！」話才說完，智空口中忽然噴灑出一股血箭。

「小姐……她人都死了，你見她有什麼用？老爺也不允，你還是趕快逃命要緊。」杜鵑掩臉悲泣。

啊！這刻，她頓然明白，他心中，有她！這就夠了！夠了！

突然，她雙臂被架住，身後傳來怒叱：

——大膽！自戕亡魂，豈容亂闖佛門聖地？帶走！

不想走，不願離開，她擰身，甩出大黑網般的長髮，同時揮舞雙臂，猛烈出招。

她殘餘的阿修羅特性，哪會將這些冥界小獄卒放在眼裡？

終究，犯了冥界法規，她無可奈何，再次受到嚴厲懲戒。

「千年生死兩茫然，欲思量，卻難忘……」

那天，在ＦＢ上，看到這個名字，她嚇得差點暈眩了。

那個曾是她刻骨銘心的人，居然、居然找到了她的ＦＢ？

有一陣子，她簡直太感謝ＦＢ了。

陸少翔，這名字連帶喚起她多少兒時記憶……

有記憶開始，陸宅在附近就是有錢人的代號。剛巧，她家跟陸宅都在同一條街上，雖然中間隔一條橫巷，將陸宅跟她家拉開一道貧與富的長距，不過在她幼小的心中，與他之間並沒有任何距離。

第一天上幼幼班，她怕生，蹲在角落哭，忽然一方潔白手帕出現在她面前，手帕主人的小手，在她眼中是一隻可以倚賴，溫軟的大手。

事後，大手主人……陸少翔不解地問她：為什麼上學要哭？

為了這件事，她常被他取笑。

雖然兩人差了兩歲，在學校不同班級，不過從幼稚園、國中，高中，每天上下學，她都會經過陸宅大黑鐵門，經過時，她都會探頭望向裡面，這時總會巧遇陸少翔。

這種巧遇，在兩人而言，似乎是不經意，但又在意料中。雖然只是眼神交會、或微笑、或揮揮手，但她整個人可是蓄了滿滿的幸福感呢。

陸少翔大二，她高三時，她無比用功，希望能考上他就讀的學校，這樣一來，學長學妹，距離更近，戀情也更近，不是嗎？

有一天，母親蔡嫣告訴她：小絹，我們要搬家。

不容她反對、不容她多問、不容她向他道別，蔡嫣便帶著蔡絹倉促地搬走了。

後來蔡絹不斷打電話、寫信，還到過陸宅去按門鈴，卻始終沒見到陸少翔，聽裡面的傭人說，陸少翔出國留學去了。

千般設想、萬般揣測，她的結論是：他有了校園內的女朋友，早已忘了她。心情大受打擊的她考到不理想的學校，畢業後找了份工作，頹喪地做了五、六年。

直到在ＦＢ上再度重逢，向來風平浪靜的蔡絹忽然神采奕奕，舉止一百八十度度大轉變，引起了蔡嫣的注意。

她試探性問女兒：小絹，妳年紀不小了，有好對象要帶回來給媽看看。

蔡絹語氣不確定地敷衍著，好對象？他嗎？人家又沒表示。

不過蔡絹倒是天天上ＦＢ跟他天南地北地聊，包括現況、從前、將來，林林總總。

因此她知道他還是單身，連女朋友都沒有，他也洞悉她的一切。

接著他約她見面，之後兩人的感情如火如荼燃燒起來，然後他向她求了婚。

蔡嫣聽了蔡絹轉述，倏地變色。

「姓陸？就是以前的鄰居？陸少翔？」

蔡絹吹彈得破的小臉紅咚咚地頷首。

沉寂了很久後，蔡嫣冷著臉，斬釘截鐵地說：「不行」。

「為什麼？」蔡絹花容驟變，「您一輩子不結婚，難道要我也跟您一樣？」

蔡嫣聞言甩了她一巴掌。

「我辛辛苦苦養大妳，不是讓妳來質疑我。」

二十多年來，母親從未對她疾言厲色過。這一巴掌打得蔡娟莫名其妙、打得她心都碎了，卻未打斷她對陸少翔的愛。

蔡娟摀住臉，從家裡奔出來，陰鬱的夜空下，獨自倍感無助、淒涼。

自小和母親相依成長，她從沒有怨、沒有疑，不問爸爸、也不問母親單身的任何原因，而今有了足以依靠一輩子的人，更需要母親的祝福！

難道說，母親見不得自己幸福？

愈想愈難受的她，走到一處閃著霓虹燈的摩鐵前，手機忽響，是陸少翔。

「妳在哪？怎麼啦？別哭呀，我立刻到。等我一下，千萬別走開。」

夜空飄起綿綿細雨，還愈下愈大，十萬火急趕來的陸少翔恍彿就是蔡絹的溺水浮木，投入他寬闊溫暖的懷中，緊緊擁住他，她立刻放聲哭了。

少翔順理成章，將她擁入摩鐵，溫馨暖和的房間讓蔡絹情緒稍稍平復，絮絮道出她的委屈，最後她說：

「如果我媽眞的反對，我……」

陸少翔看著她，等她下文。

「我不想活了。沒有你的日子，我眞不曉得該怎麼過下去。」

陸少翔俊臉大變，截口道：

「不行！聽清楚，我不准妳這樣想，提都不准提，知道嗎？」

蔡絹舊淚未乾，新淚又湧出來，「爲什麼要對我這麼好？」

陸少翔沉吟著，低喃道：

「久遠前的上上輩子，妳似是爲我而亡，這輩子，我不能再讓舊事重演。」

「眞的？我們……很久以前就認識了？」蔡絹抹掉淚，好奇地問：「能告訴我細節嗎？」

「唉！哪可能知道細節，我又沒有神通。妳記不記得我說過，大學時，我加入了佛學社？那時，我很專注用功，得知了一些前世因果……總之，這輩子我明白自己必須清償感情債務。」

是啊！那時節，他悟到自己不能糊塗地一再輪轉三界，否則永世輪迴，沒完沒了，所以他要做出決定。

「我想，妳已經成年，既然妳媽反對，不如我們去公證結婚。」

很不錯的建議，雖然沒有蔡嫣的首肯與祝福對蔡絹來說是一大憾事，但有什麼辦法呢？

想到此，她哭得慘烈，陸少翔情難自禁地緊緊擁她入懷。

「一枝紅豔露凝香，雲雨巫山枉斷腸……」

繞指柔，正是鋼鐵的剋星啊！

情難自禁之際，少翔猛憶起她上小幼班時，蹲在牆角哭的情景。

好像在久遠前，也有這一幕。還有，她那雙大大的明眸美目，他記得看過。是夢裡？還是過去？總之很熟、非常熟。

思緒走到此，陸少翔整個人，都迷糊了。是夢耶？非夢耶？

「金剛經云：**凡所有相，皆是虛妄**。」

找了個風和日麗的日子，陸少翔帶著蔡絹，去見自己的母親王素蘭。

乍見蔡絹，王素蘭臉色驚疑不定，佣人泡茶、送上飲料後，她捧著茶杯的手，微微發抖，表面上卻故作鎮定。

聽陸少翔說完，王素蘭深吸口氣，盡量放平聲音。

「你出國留學多年，直到現在，還是無法忘懷她？竟然還跟她有連絡？」

陸少翔緊握一下蔡絹的小手，開朗地笑了。

「嗯！就算再過十年、二十年，甚至百年後，我還是會喜歡她。所以請媽媽答應我倆的婚事。」

當他母親面前，被他這樣緊握著手，蔡絹滿心竊喜，俏臉紅透，略顯慌亂地想縮回手。

「不行！我不能答應！」

「媽！您……」陸少翔一臉錯愕，不解地盯住王素蘭。

以爲母親會很高興，明明前陣子還催他快點交女朋友、快點結婚，這會怎麼……？

「全天下的女孩子都可以娶，唯獨她，不行！」

「爲什麼？」陸少翔提高聲音，一雙劍眉糾結著。

王素蘭臉色由白轉青，又由青轉黑，一字一句地：

「你知道我常跟你爸吵架的原因嗎？」

陸少翔露出疑惑眼神，多年來他想問，素蘭卻不肯說明；去問父親，他也面無表情地不發一語。

王素蘭再也忍耐不住，猙獰著濃妝豔抹的臉，伸手指著蔡絹。

「就是她和她媽害的，你知不知道！」

蔡絹和陸少翔面面相覷，接著王素蘭沉痛地說出幾十年來的傷心事。

原來陸父外遇，對方誕下一個女嬰，陸父居然安排那對母女住在陸宅附近。

後來王素蘭知道了，卻鬧不過丈夫，只能消極地要蔡嫣母女搬走，消極地要杜絕陸少翔跟蔡絹見面。

這時陸少翔忽爾明白了一切。一直以來，他很聽母親的話，國中、高中太小，不准交女友；大學畢業，母親卻急著送他出國留學，原來都是有原因的！

原來他和她之間，有著相同濃濃的血緣！造化竟如此弄人！

陸少翔青白著臉，額頭滲出粒粒汗珠。好在那個下著細雨的夜裡，沒有犯下錯事。

蔡絹失神落魄退出陸宅，她明白了……

爲何蔡嫣從不提她的過去；兩母女憑什麼能跟陸宅爲鄰；憑什麼她可以跟陸少翔念同一所貴族幼兒園；憑什麼她打小生活優越，物質上從來不缺？

然而，這段「情」到底該如何走下去？

不管是他，或是她，永遠都不可能接受其他人啊！

流轉了千年的情愫，只會傷人，而渺小凡人卻是無法扭轉！

在心痛如絞中，唐東玄從靜坐幻境中，清醒了過來。發呆了一陣，他起身離開坐墊，渾身冒冷汗，順手抓了一條毛巾擦拭著。

千年輪迴，不只是三代，應該有無數次的轉世。只是這印象鮮明的三代輪迴，都是悽愴的結局。

那麼，其他無數次世代，不必想也知道，結局差不多都是悲慼下場。這樣的悲苦，要到何時才能結束？沒完沒了！

他還記得，從前遇過一名老修行者。

老修行者告訴他，這輩子要努力學習，以自己的能力解救那些有需要但卻求救無門的人們。只是沒料到，他連鬼魂、亡靈也都必須幫忙解厄，真是出乎意料之外了。

後來，老修行者告誡他，沒有必要查探過去。

——過去已過去，未來不可知，何不把握當下！

他還戲謔地問：「知道過去，有何不好？」

——知道過去，對你沒有一點好處，反而會羈絆你、害了你。你說，好不好？

就因這番話，讓他深深塵封住探查自己過往的念頭。

而今明白了前因後果，還眞是對他一點用處都沒有，有的只是跌宕不已的心情與思緒！

次日，趙建倫一大早，就頻頻遊走在書房外。

唐東玄感受到他這麼頻繁徘徊，又不敢來敲書房的門，不禁莞爾。

由此可見趙建倫做事一板一眼。

「有事嗎？我看你一大早就起床。」

「是，老師，阿元等了很久。」

「啊！」唐東玄恍然大悟，急忙收拾一下，走出書房。

他深深自責，老修行者說得沒錯，知道過去，沒有一點好處。

而今，果然應驗了，沉緬於虛幻的過去，還眞是只有錯處。像眼前，最重要的「鬼市」問題，他居然忘記了！

見到唐東玄，阿元忙恭謹地起身看他一眼，從他臉上，唐東玄已可以測出事情發展。

「唐先生，您住處的結界很嚴謹！」阿元說。

「怎麼說？」

「我剛進來時，被擋在屋外。」

唐東玄笑笑，只聽阿元接口說：

「小欒很盡忠職守。我跟它溝通了好久，它才答應放行。」

「哦？你沒有帶土地公的通行令？」唐東玄驚訝地問。

阿元露出尷尬表情，「一言難盡。」

唐東玄緊張起來，驚聲問：

「難道『鬼市』的問題還沒有解決？」

「嗯……嗯，解決了一半，我無法說清楚。」

唐東玄更緊張了，閉閉眼，他暗暗告訴自己靜下心來。一會兒，他才開口：

「那麼，『鬼市』的眾靈、遊魂，都回來了沒？」

阿元點頭，「回來一部分而已。」

「怎麼說？難道其他大部分發生了不幸？還是阿修羅不肯放手？」

「喔，這個我很難回答。」阿元面現難色。

儘管脾氣再好，唐東玄也忍不住要生氣了，口氣有點急促：

「土地公呢？難道祂又落在阿修羅手裡？」

阿元點頭、又搖頭，一派尷尬樣子，連一旁的趙建倫也跟著急了。

「你知道土地公是否把我的信件送給……啊！這個你應該不知道。」

說到這裡，唐東玄才想起來，土地公是從他家出門送信，那時候阿元應該還在被阿修羅羈押的群眾裡，哪會知道？

想了想，唐東玄又問：

「那你知道，毗沙門天王有沒有出面？」

「有啦……可是，好像雙方還談了條件，談些什麼，我就不清楚了。」

阿元的話惹得趙建倫反彈，他忘記了禮儀便脫口說：

「那你是來幹什麼啦？一問三不知？」

阿元看他一眼，不以爲忤，轉向唐東玄說：

「土地公叫我來，請唐先生火速跟我走。」

「齁，我的天，你早講不就好了嘛？」趙建倫說。

「所以我很急呀。你看，我半夜三點左右到這裡，急著見唐先生，你卻說唐先生在靜坐，不准任何人打擾……」

唐東玄差點失笑，居然繞了一個大圈子。他站起身，吩咐說：

「我們現在馬上去『鬼市』。阿倫，你也一起去。」

阿元忙接口：「不，唐先生，我們不是要去『鬼市』，反正，請跟我走就對了。」

趙建倫意外又欣喜，跳躍地連忙去準備出門的物品。

整座遼廣的修羅戰場處處充滿煙硝、迷霧，放眼放去，是一片激烈戰後的頹敗狀，只見棄刀斷劍，襤褸的衣衫、破布，還有殘盔棄甲，加上屍橫遍野，整個景象讓人不忍卒睹。

曾在靜坐中看見過修羅戰場，雙方開打的現況也沒有眼前的嚴重！

唐東玄又驚又訝，完全沒有料到，會是如此慘烈的戰況。

寒厲淒風陣陣襲來，吹得唐東玄衣衫不斷翻飛作響，星眸盡赤地揚聲：

「阿元！他們人呢？怎麼回事？沒看到半個人、半縷陰靈、魂魄，也沒看到天兵天將？」

阿元支支吾吾地搔著後腦杓，「奇怪？怎……回事？」

據阿元說，他離開時，雙方戰事稍歇，也不是如此慘烈情形。

唐東玄粗略計算了一下，阿元奉命離開時是半夜三點，而現在是上午九點，足足過了六個鐘頭，如果雙方繼續打戰，難怪眼前是如此一片悽慘。

他蹙緊一雙劍眉，怪自己來晚了。他乍地升空，由空中鳥瞰周遭，遠遠的暗灰色天際依稀有一條影子，正向他這個方向，飛奔而來。

唐東玄落下來，「有人來了，我們等一下，看看是誰。」

不一會兒，一名天兵飄然而至，向唐東玄一禮，「請問是唐先生？」

「對，到底發生了什麼事？」唐東玄看到他的戰袍都破了好幾個洞。

天兵環視一眼周遭，並未多說什麼，再行一禮說：「請跟在下來。」

爲了防備有詐，唐東玄暗中祭起天眼，一對星眸發出燦亮光芒，向天兵掃了過去，這才確定前面這位的身分。因此他頷首同意，跟在天兵身後，阿元則拉著趙建倫，一起向前飛奔。

很快地，到了一棟臨時幻化出來的「海市蜃樓」，造型瑰幻華麗，亮晶晶的金色宮殿外，宏偉牌樓大門前站著幾位守門將領，看得出來正是毗沙門天王的部將。

天兵停在樓門前，同時把阿元和趙建倫擋下，只准請唐東玄進去。

金碧輝煌的偌大廳堂開敞，坐在首位上的是一名老者，容貌端正，神采有一股不怒而威氣勢，下巴美髯濃密而黑亮。唐東玄雙手合十，向老者深深一鞠躬。

「見過天王。」

老者笑道：

「呵呵……居然認得出我？可見你雖降生為人，修行方面並未懈怠。」

「豈敢。」

「來，請坐。」

這時土地公走出廳堂，跟唐東玄落坐在客座上。

「我剛從修羅戰場過來，怎麼如此嚴重？」唐東玄按捺不住地忙問。

天王點點頭，「老弟，你又不是不知道，自古以來，天界與阿修羅界常起衝突，原本就都這副模樣。」

唐東玄轉問土地公：「看來，『鬼市』不太妙。」

土地公嘆口長氣，搖頭不語。

唐東玄轉向天王，「難道，『鬼市』氣數真的盡了？」

「盡不盡，只看老弟你一人！」

唐東玄心口一愣，回道：

「天王說笑了，憑我區區一個，哪有能力左右『鬼市』？」

天王緩緩說出修羅戰場雙方開打三百回合，傷亡慘烈，雖然天王這方略勝一籌，但若繼續打下去，還是難逃重大傷亡。

結果，阿修羅殿下派一名使者，前來談和。

唐東玄和土地公一直專心聆聽，天王繼續說著使者帶來阿修羅殿下的訊息：他也不想繼續打下去，唯一的條件，就只要唐東玄一個人而已！

唐東玄聽了，背脊竄上一股寒氣。

天王雄渾大眼看著唐東玄說：

「老弟先別緊張嘛。依老哥我的看法呢……」

「天王請不要遊說我，我……」唐東玄俊臉微變——聰明如他，猜到了些什麼。

天王舉起手，阻擋唐東玄的話：

「老弟可以先聽聽老哥的看法？」

唐東玄無話可接。

天王徐徐說：

「修行，所為何來？最終目的，就是普渡眾生。今天，阿修羅起瞋恨心，抓走『鬼市』眾靈固然不對，可是殿下表示，他整顆心都在他妹妹身上，當初一場修羅戰爭，公主只爲了與天人一段情愫，竟受盡輪迴、流轉千年之苦。

「而今好不容易，遇到了天人轉世的唐東玄，難怪阿修羅公主無法釋懷。阿修羅殿下看妹妹這樣，心裡當然捨不得妹妹受折磨，這是一般眾生之常情。

「依天王看法，如果讓公主跟隨著唐東玄，能不能渡化公主、取消婚姻，跟著一齊修行，這就看老弟你的功力。

「同時，這也算給你一個考驗。而『鬼市』不但能免除一場大災厄，就連天界和阿修羅界也能平息一場干戈，這不是一舉數得的事嗎？」

土地公在一旁猛點頭，唐東玄一張俊臉都變色了。

「老弟，你怎麼說呢？」

「我……考慮看看。」

「不，今天就得決定。不然，阿修羅殿下不肯放手。」

「所以連天王都無可奈何？」唐東玄語氣有些不悅。

「我剛剛不也說了，這可以給你這修行人一個考驗。」天王捻著一把美髯。

「我一定要接受這個考驗嗎？」

「接不接受都隨你。事實上，老弟你也不一定要解救『鬼市』眾靈。但是，基於修行願力，救渡眾生，當然包括六道，也包括了阿修羅公主。」

唐東玄沉凝不語。只聽天王又接口：

「想想看，千年前，一場修羅戰爭，讓老弟無意中與阿修羅公主結下一段緣分。如今，惡緣或良緣，就看你了，希望你能好好處理。」

「我知道。我的想法是，這一世斷絕了緣分，之後各自回歸原來本位；我回天界，她回阿修羅界，兩不相欠，雙雙不必再受輪迴之苦。」

天王忽地臉容嚴肅。

「你可以，你做得到。她呢？她沒辦法看開、無法透澈呀。就是因爲，她尚未得道。」

唐東玄無語。沒錯！尤其是感情牽絆，有幾人能看透世情？

「我……我聽說，公主病得很嚴重。」土地公這時才開口，聲音壓得很低，

「唉～～也不知道什麼病。」

天王看一眼土地公，又轉望唐東玄，偌大廳堂幾乎沒有人再開口，沉寂而安謐。

久久……久久……唐東玄抬起頭，深邃星眸，射出篤定光芒。

最近，趙建倫忙壞了，他在準備新的房間，還得依照唐東玄的意思，不能把房間佈置得太奢華，只能像一般普通人住的樣子。

「咕～～咚～～～」

身後突然傳來一個聲音，害趙建倫嚇一跳，忙轉回身，心裡更訝異了！

「阿……阿官姑娘？」

「沒錯，正是本小姐！」阿官沒有之前的凶戾氣焰，難得地露出和靄笑容。

趙建倫朝她身後看了看，怪問道：「只有妳一個人？」

「不然咧？」

「呃，是喔。」趙建倫又問：「要不要泡個茶？」

「幹嘛泡茶？」

「嗯，來者是客，當然要——」

阿官揮揮手。

「省省吧，別當我是客人。我來看看我家公主的新房準備得怎樣了。」

趙建倫搔一下額頭，指著房間，語帶歉意，「妳看，就是這樣！」

阿官見狀瞬間變臉，在寬廣卻簡約的房間內繞了半圈，雙手一攤。

「什麼？這間？像話嗎？要不要我帶你去參觀一下我家公主的寢殿？」

趙建倫聳聳肩，「我也沒辦法，老師要我這樣佈置。」

「沒有雕花梳妝台、沒有銀雕寶鏡、沒有衣櫃……呃！難道要我一個個變出來？」

「不，不不，拜託妳，千萬別亂搞，老師怪罪下來，我可擔當不起，別害我。」

阿官愣愣地抓抓腮幫子，一會才說：

「不行，我要回去稟報公主……對了，唐先生呢？他不在嗎？他什麼時候會來接我家公主？」

「我不知道。他一大早就出去了，好像有事要處理。」

阿官想了想，點點頭，「好吧，那我先回去……對了，唐先生回來後，你轉告他，請他務必早點來接公主，好嗎？」

「哦，是。」

阿官離開後，趙建倫繼續忙活。過了中午、下午，整幢三層透天厝始終靜悄悄，不見半個人。

直到黃昏，屋外突然響起熱鬧、沖天的「沙……沙……」聲音。

趙建倫很快跑出門口，只見樹靈小欒為首，領著一群好友：花靈、葉靈、樹靈們，在屋子四周搖晃著竹林，因此才發出這些聲音。

雖然彩霞瑰麗，天色卻逐漸向晚，加上無風而晃動不止的竹林，竟然讓人感覺幾分詭異。

看到趙建倫出來，小欒笑嘻嘻地從一棵粗壯竹子頂端，一躍而下。

原來唐東玄替趙建倫設想，因此對小欒施咒法，讓它可以開口順暢說話。

面對詭異的景觀，趙建倫心口突跳著，顫聲問：

「小欒，你……你們在幹嘛？」

「呵呵……恭喜！恭喜！」

「恭喜什麼？老師回來了嗎？」趙建倫轉眼遠眺。

門前有一小段路，再過去是一彎流水，上面有一道拱起的紅色小曲橋，橋上不見半個人影。

「呵呵……阿修羅公主大駕光臨，我們無法奏彈喜樂歡迎，只能推磨竹林，代替鞭炮、喜樂聲音，怎樣？好聽嗎？」

趙建倫呼了口氣，反問：「誰叫你……奏喜樂？哦，好難聽喔。」

「啊？你敢說難聽？是阿官姑娘命令我奏喜樂的。」

就在這時，拱起的曲橋上，幻化出一個人影，赫然是白素音。

她素臉輕裝，一襲白衣，矗立在紅色曲橋上，手輕輕扶著曲橋欄杆。晚風中，娟秀嬌容略帶輕愁，似是墜入深深的沉思中，真是美人如畫。

趙建倫看呆了，他搞不懂，像公主這麼亮麗、出色的女子，為何老師一再推拒？

不知白素音凝神多久，她緩步下曲橋，接著阿官出現了，後面還排了兩列女子。

看到小欒樹靈們拚命搖晃竹林，發出「沙沙……」聲響，白素音忽地嫣然一笑，「如此清靜、雅緻的住家，不太適合吵雜吧。」

阿官道聲「是」，就朝小欒搖手示意，小欒眨眨眼，夥同眾小樹靈退下。

「嗯，還是清幽好。」白素音讚道：「阿官，是妳的安排？」

「沒……有。」阿官支吾著：「公主的宮殿裡每天都有美酒、笙蕭、歌舞？這裡什麼都沒有，如此簡陋、過於安靜，我擔心公主不習慣，太寂寞。」

白素音仰首望天。

——寂寞的定義，不是這種說法，即使沒有笙歌彩舞，能跟心儀的人促膝而談，哪來的寂寞呢？

只是，她沒有說出口。這時趙建倫連忙迎上前來，向白素音打招呼。

「公主好。」

阿官皺起眉頭，低聲喝叱：「不禮貌，沒有下跪，至少也要彎腰行禮。」

白素音舉手，制止阿官。

「不必，那是在我們阿修羅宮殿裡，到了這裡，一切要照這裡的規矩。」

阿官撇撇嘴角，「公主呀，您改變太多了，小的很擔心公主受委屈。」

白素音沒理睬她，轉而問趙建倫：「唐先生呢？」

「是，稟告公主，唐先生尚未回來。」

白素音明眸微眨，表面上還是一派溫婉，「知道他去哪嗎？」

「哦。我不知道。」

一旁的阿官忍不住喘一大口氣。

「欸，他不是知道今天公主要來嗎？連你都不知道他去哪，這是待客之道嗎？再說，公主不是客人欸，她可是……唐夫人呀！」

趙建倫頓住了，也是，這麼晚了，唐東玄也該回來了才對。

「喂！你說話呀！再不回來，我……」

「阿官，妳要改改脾氣。不能再隨便大呼小叫，太不像話。」白素音接口說。

阿官緊癟著嘴，一股氣讓她呑嚥不下去，又瞪了趙建倫一眼。

「公主，老師……我猜，他好像去了『鬼市』。」

「哼！又是『鬼市』，我不信我找不到他。公主，小的去抓他回來……」話罷，阿官轉身就走。

「阿官，要是妳火爆脾氣不改，乾脆直接回去阿修羅界算了。」心中委屈，卻又不能表示出來，白素音轉向阿官，口氣微嗆。

阿官急忙跪了下去。

「公主，請您原諒，小的奉殿下命令保護公主，絕不能讓公主受一丁點委屈，否則無法向殿下交代，還請公主原諒。」

說著，阿官眼眶紅了，連帶令白素音打心底冒出濃濃酸楚，但是她咬緊牙根，硬是忍住，絕不掉下一滴淚。

想起殿下哥哥對她百依百順，極盡呵護，她何曾受過一點慢待？只因爲「愛」，使她落到今天這局面。畢竟，這是自己的選擇！

次日清晨醒過來，白素音依舊賴在床上，環視著周遭。陌生的環境，這裡沒有美酒、沒有笙蕭、沒有歌舞，全都無所謂。她只寄望他能陪伴她，與她談話、與她共享良辰美景、共享畫眉之樂。

獲悉唐東玄答應讓她住進來時，公主雀躍了好幾天，每天都編織著與他琴瑟和諧、夫唱婦隨的美夢……

沒想到，落空了！

昨天，空等了一天，唐東玄居然一直沒露面，至少該來接她吧？等到天快黑了，她千思百慮，如果錯過了這一天，恐怕會有變數、擔心唐東玄變卦，因此她才決定自己動身前來。

那時候，殿下哥哥的臉色很難看，似乎鼓脹著一大團怒氣，她只好向哥哥說：

──唐東玄是個守信的人，一定是臨時出門處理事情，無法分身前來接她。

那時殿下瞇著眼，強壓住那股怒氣，只回她：

──恭喜妹妹，如願得到一個俊俏郎君。萬一，我說的是萬一，妹妹心中不舒坦了，記得回來找哥哥。雖然最好不要如此，但是哥哥不要妹妹受到任何委屈。明白嗎？

思緒走到這裡，白素音忍不住拉上軟絲棉被，躲在被窩裡面低泣。

門外傳來輕響。

「公主，公主，妳起床了嗎？我是大奴。」

白素音擦擦眼睛，調整一下呼吸，「嗯……剛醒。」

「奴婢進來伺候您，好嗎？」

白素音沒有回話，正想拒絕，門外又傳來大奴聲音：

「駙馬回來了，正在客廳等公主。」

「喔，」白素音整個人瞬間活絡起來，「進來吧。」

於是在白素音頻頻催促下，大奴伺候她梳洗、換衣服，很快就讓她出現在客廳。

唐東玄依舊是氣宇軒昂，一派瀟灑脫俗，才幾日不見，白素音感覺到，他似乎更奪目了。

白素音一顆心有如小鹿亂撞，眼前這個出色的男子，以後就是她不折不扣的夫婿！

千年以來，苦苦相思與錐痛，似乎一下子全得到了回報。

想到此，她沉魚落雁般的姣顏，透紅得像朝霞，燦然笑道：

「抱歉，我等不及你來接我，就……」

「不，我才要向公主道歉，我被『鬼市』的事件絆住，分不開身。」唐東玄帶著低磁嗓音，依舊那麼深深吸引人。

靜立一旁的趙建倫，咧嘴淡笑，心想這才對嘛，才子佳人，正好一雙。

「阿倫，早餐弄好了？請公主去餐廳吧。」

阿倫應聲是，很快進入餐廳，白素音想偕唐東玄一起去用餐。唐東玄卻說：「我吃過了。我在書房等妳。」

有話告訴自己嗎？白素音欣然點頭，匆匆吃過早餐，讓大奴伺候她漱口、洗手，然後大奴領著白素音登上二樓，就轉身下樓去了。

書房佈置高雅怡人，看到白素音緩步走進來，唐東玄從書桌後的大椅子起身，兩人一起到沙發落座，趙建倫早已泡好一壺茶在小桌上。

沙發面向落地長窗，窗外可以看到一彎流水，上面一道拱起的紅色小曲橋。那時，白素音隱了身，才登上拱橋，赫然碰見唐東玄也登上了橋，他看不到自己，溫暖的大手，往前一推……

白素音明眸大眼盯望著紅色拱橋，思緒回想到此，嬌俏雙腮紅撲撲的，美顏忍不住閃出兩顆酒窩。

看她這嬌俏模樣，唐東玄心中浮起陣陣波動漣漪，他跟著轉頭，發現原來她凝望著拱起的曲橋。星眸眨閃間，似乎也憶起……他忙收斂起紛擾的意念，輕輕咳了一聲。

白素音轉回黑白大眼眸，望向唐東玄。唐東玄提起茶壺，倒了兩杯茶水。

「妳昨晚睡得好嗎？還習慣嗎？」

白素音點頭不迭。

「如果欠缺什麼，儘管要阿倫準備，不要客氣。這個孩子很貼心。」唐東玄接口問：「對了，妳到底生了什麼病？我聽土地公說很嚴重？」

白素音笑得燦爛，清脆聲響：「我昨天來到這裡，病都好了。」

「哪可能？我沒聽說過換了睡舖便可以治病。妳不要輕忽了，要是惹出重病，就不好了……」

白素音突兀地伸長雪白嫩臂，「喏，你幫我把把脈，看看我有沒有病。」

唐東玄坐在沙發上的身軀，輕輕地往後微退，口中說：

「我不會看病。如果妳知道自己的病症，告訴我，我可以去求藥……」

白素音收回手臂，搖搖頭，「我這病，無藥可醫。」

「不可能，除非斷氣了才無藥可醫。說起這個，『鬼市』就有藥把一個車禍亡故了的年輕人醫治好，讓他回陽間見他母親。妳到底是什麼病？」

被逼急了，白素音眼眸下垂，雙腮緋紅，細細聲音低得像蚊子：「相、思、病。」

唐東玄愣怔著，「別開玩笑。我沒聽過這種病。」

豁出去了的白素音，抬起眼眸，眼芒灼熱得幾乎要炙燒人心。

「你當然沒聽過。我告訴你，百千年以來，無數次的輪迴，我被這病折磨得茶飯不思、夜不成眠，始終像失了魂的野鬼，只知道尋覓、尋覓、再尋覓。」

唐東玄憶想起上次靜坐時，意識從修羅戰場開始，連續飄搖了幾個世代……那種椎心之痛，眞的無可言喻。

「你知道嗎，找到你的剎那間，我興奮了三天三夜後，突然整個人昏厥，整整昏迷了五天。那時，殿下哥哥很焦急，怕我會永遠沉睡不醒。」

唐東玄深邃星眸，定定看著她，聽著她娓娓敘述。

「哥哥想盡辦法，不惜侵擾、冒充『鬼市』攤販，本意想提醒你，希望你能覺醒，能現身搭救我，結果都盼不到你。他所做的一切，都是爲了我。」

唐東玄接口說：「所以，這就是殿下數度擾亂『鬼市』的原因？」

白素音點頭，再道：

「後來，還是我哥想盡辦法，終於把我喚醒了。你知道嗎？那時候我的感覺是，昏厥的那五天，是我有史以來過得最平靜、最安穩的日子。」

受到公主昏迷這個大驚嚇，好在最後救回了公主，但阿修羅殿下仍舊很擔心，萬一公主再一次受重創，恐怕再也救不回來。

設想了好久、好久，最後，殿下決定發動阿修羅全力，意圖攫獲唐東玄，讓他永遠陪伴公主，可以平穩、開心地過日子。

唐東玄聽完，端起杯子，喝著茶……思緒翻騰不已。

——殿下對公主的保護之心，其情可憫。但是我的想法，誰都不能抹殺掉！

放下茶杯，唐東玄輕舒口氣，也娓娓談起——

昨天他去「鬼市」處理了好幾件鬼事。一個男鬼，生前愛上一名女子，女子卻不愛它，它追蹤出原來女子喜歡另一位男子，男鬼愈想愈嘔，找到機會殺害這位男子，幸好男子只受到重傷，後來警方找上男鬼，男鬼畏懼之下，自殺亡故，亡靈不甘心，又飄去找女子，最後才被陰差抓回「鬼市」。

另外幾名男女是感情問題，交叉著金錢糾葛，掀開了一連串的預設陷阱、情殺、搶奪對方錢財……等等諸多問題，連帶驚擾了「鬼市」，使得陰差出面排解，想不到，後來又有人到寺廟請高人施咒，結果還是靠唐東玄出面，才把事情完全平息。

唐東玄說完，過好一會，白素音溫婉地開口：

「你說這些，跟我有什麼關係？」

唐東玄笑了。

「是沒有關係。我只想告訴妳，多少錯事，起因大都是『情』與『名利』。」

白素音沉靜不語，只聽唐東玄再絮絮說出，他靜坐時意識回到修羅戰場開端、導致後來被懲罰，下降凡間幾度輪迴，爲的是什麼？

提起這個，引起白素音的注意。她蹙緊眉心，反問：「是什麼？」

「一個『情』字而已。」唐東玄深邃星眸，清澈明亮，「妳說，妳歷經百千年，無數次輪迴，被折磨得煎熬、困苦，又是爲了什麼？」

白素音墜入深思。

「不過也是個『情』字而已。請妳想想看，除了情之外，妳還剩什麼？」唐東玄不疾不徐地接口：「撇開情，名利也一樣。假設，妳得到妳需要的，不管是情、名、利，那又怎樣？妳會改變什麼嗎？」

白素音清麗容顏，漸漸起了淡淡的變化。

「多少人爲了這個『執念』汲汲營營，甚至痛苦一生，結果逃得過病、死嗎？像我之前，何嘗不是這樣？因為固執，所以被羈絆。什麼時候才能夠清醒呢？」

白素音眨閃著明眸，緩緩轉看唐東玄。他、他已徹悟了嗎？

「畢竟我還在修行。只是有時會回想，人活著，到底所為何來？」

靜默了一會，唐東玄又接口：

「如果，公主能把『感情』兩個字抽掉，相信您可以海闊天空。您的『心』不必被羈絆得這麼辛苦。」

白素音抬眼，美眸看向唐東玄。短暫的沉默後，唐東玄沒有繼續談下去，他有意留下空間，讓公主多加思考。

接著唐東玄轉開話題，「對了，我想跟公主提一件事。」

白素音思緒尚未轉過來，只是木然地點頭。

「先說一聲抱歉。因為住處不夠寬敞，昨晚我回來時，看到公主的隨從沒地方安頓，有的窩在客廳打地舖，有的在屋外露宿。」

白素音微微一笑，露出腮邊酒窩，「沒關係，她們都已經習慣了。」

「可是我很在意。畢竟這不是待客之道。所以我想跟公主商量，只要留幾位得力助手伺候公主，其他人可以請回。」

白素音姣顏微微一凜。

「因爲這裡是修行的地方，需要安靜。人太多，並不恰當。」

說著，唐東玄連聲向公主致歉，兩人交談就到此爲止。唐東玄還想看書，便繼續留在書房，白素音則慢步離開了書房。

隨時預備伺候的大奴看到公主，急忙起身，亦步亦趨跟隨著她回到昨晚休息的房間。大奴眼見白素音臉色暗沉，忙問：

「公主累了嗎？要不要上床休息一下？」

白素音點頭，一語不發地躺倒在床，大奴忙張羅蓋被，同時問道：

「公主，駙馬跟公主說了些什麼？」

深吸幾口氣，白素音沉聲道：「妳出去。我要休息。」

「是。」大奴退出房，又關上門。

大奴感覺公主好像不開心，退出後，便跑出去找阿官。阿官曾交代過，隨時向她報告公主的狀況，因爲阿官也必須向殿下回報。

而房裡的白素音陷入深不可測的思緒中……她一再、一再地回想唐東玄說過的話，以便揣測他心存何意？

白素音並不笨，深思到最後，俏麗容顏瞬間數變，由白轉紅，由紅轉白，再由白轉成青厲。唐東玄話中的深深寓意，她不盡理解，她只知道，唐東玄要她撤退隨從人員，還有，他完全沒有談到要娶她！

那麼，他的意思是……？

思緒轉個彎，愈想愈不對勁，她有些明白了！

叫她把伺候的隨從撤退；叫她把「感情」兩個字抽掉……這樣一來，不但海闊天空，她跟他之間互不相干，也沒有了羈絆！

所以到終了，他還是不肯娶她，不肯與她和諧共老！

白素音驀地坐起身來，環視周遭，更想到一點，原來他還要她單獨住在這間空洞、冷寂、淒涼的破房間之中！

比起來，她的寢宮華麗、寬廣，隨從們一呼百喏。這屋室更讓她想起，父王阿修羅王的妃子被打入冷宮的淒涼下場。

身爲堂堂阿修羅公主，今日卻落到同樣淒涼的下場嗎？

孰可忍？孰不可忍？

阿修羅的瞋恨特性整個高漲起來，讓她時時刻刻都待不下去。

就在這時，房門被敲響，「公主，我是阿官，公主睡了嗎？」

原來聽到大奴報告說公主神色不對勁，況且現在還不到中午時間，公主卻要睡覺？還把大奴轟出去？伺候公主多年的阿官意識到公主有心事，這才急忙趕了過來。

白素音猛吸口憤怒氣焰，嬌叱著：「進來。」

聽公主這喊聲，阿官小心翼翼地推門踏進來，一面注意著公主臉色。

「大奴呢？也叫她進來！」

聽到公主的怒叱聲，大奴屁滾尿流地滾進來，她渾身顫慄，一直以爲是剛剛自己說錯了話、做錯了什麼事，趴地一聲重響，便跪倒在地上磕頭。

見狀，阿官站得更挺直，大氣都不敢喘一聲。

「大奴，起來！」公主叱道。

大奴低著頭，抖抖顫顫地起身。

「去，集合大家，收拾一下，列隊候在屋外。」

大奴和阿官都愣怔了，列隊不就是要開戰？跟誰打？這裡可是駙馬爺的家呀。

「快去！」

「是！」大奴得令，轉身衝出去。

雖說阿修羅公主白素音素來喜怒無常，但這會變化也太大了吧？想到這裡，阿官更是戰戰兢兢。

白素音瞪她一眼，漂亮的大眼眸這會竟然凶戾得可以當場殺人！

「還杵著幹嘛？還不快收拾東西，一根針、一片布都不准留下。」

「是。」阿官手腳麻利地動起來。她暗暗地察言觀色，看得出來，公主是認眞要離開這裡。

她囁嚅地開口：「公主，我們離開前，殿下曾召喚小的進去……」

白素音明眸銳利地射向阿官，「說下去！」

「是！」阿官雙肩一震，「殿下說，倘若公主不願待在這裡，表示駙馬惹惱了公主。殿下交代小的，立刻殺……殺掉駙馬！」

白素音停凝不動，只有眼芒閃了一下，好一會，她才冷聲道：

「哼！妳現在上樓去書房見他，把這件事告訴他。」

阿官得令，馬上停手，轉身跑了出去。過了好一會，阿官又走進來，白素音在等她訊息。

「報告公主，我說了。」

「他怎麼說？」

「他說……靜坐時，他看見自己過去。曾經是智空法師那世，相府千金小姐為了他上吊輕生，他就知道，必須一命償一命，於是已有這樣的心理準備。」

白素音聞言，嬌軀搖晃著，差點倒下。阿官急忙上前扶住她，她雙腮慘白慘地推開阿官，示意阿官繼續整理東西。

白素音坐在床邊，整個人近乎空茫了，只剩思緒紊亂，翻飛不停……

——他想死？一命償一命？那……什麼都不必談了？

不知過了多久，好像很久，不，好像才一下子，阿官整理打包好了，正要開口，房門忽然傳來敲擊聲，兩個人同時轉眼望去。唐東玄高頎身軀出現在門邊。

「我可以進來嗎？」

公主冷哼一聲，別過臉去，不想理睬。阿官動動嘴角，低聲道：

「駙馬請進。」

接著阿官扛起包裹，低頭跨出去，順便帶上門。

尷尬的沉默讓兩人都很不自在，白素音也不肯先出聲。

千辛萬苦的尋覓至今，自從找到他之後，向來她都採低姿態，不料他竟然如此絕情、冷酷，始終不把她放在眼裡。而今，她徹底絕望了，不想苦苦捧著已經碎成片片、僵死了的心！

「公主這是在做什麼？」

不想再被他的神采儀態眩惑，白素音扭過頭去，「明知故問。」

「公主已經來到這裡，妳不能走呀。」

他低柔、溫煦的磁聲，讓她堅定的心差點失去堤防。

「你在留我嗎？」

「是。」

「既然這樣，爲什麼不肯……娶我？」白素音聲音低得近似呢喃。

「妳願意靜下心，聽我解釋？」

白素音輕輕俯首，心中卻暗罵自己：天呀！還是受不了他的誘惑。

「公主，請妳過來。」說著，唐東玄走到窗邊的桌子坐下。

白素音起身，移步向桌子，坐下後，心中湧起另一股聲浪：

——我，幹嘛聽他的？白素音，妳什麼時候變得這麼軟弱？剛剛不是氣得想殺人？

沒錯，唐東玄就是有一股自然散發出來，深深吸引人的溫煦力量。

「靜坐時，我獲悉往昔，幾世代的輾轉輪迴時，在下……心痛如絞。」

白素音睜圓大眼，專注地看著他，接著唐東玄絮絮說：

「生而爲人，任誰都有血、有淚、有情，但是狹窄的私人感情一旦昇華，妳將可以發現，天地間竟然是這麼遼闊。」

「你說這些，我聽不懂！」白素音截口說。

「好，那我比喻，假設路邊看到一個快餓死了的人，妳施捨他一碗飯，看他解除了飢餓的痛苦，妳看了也會高興，對不對？」

白素音抿著菱角嘴，腮邊酒窩一閃而滅，顯然聽到這話，她不以爲意。

唐東玄又舉了幾個例子：

「像溺水者，被救起來；寒冷者，接受到一件溫暖的衣服；

「生病的人，受到藥物治療，病癒了，在那刹那間，受施捨者，心裡一定感到很高興。同樣的，施捨者心裡也會感到高興。那種感覺，無法用言語形容，只有切身體驗過的人，才能深深感受到。」

「我不知道，因爲我沒有這種經歷。」白素音口氣冰冷。

「對！公主從小處在優渥環境裡，當然無法體會別人的困難處，所以一點感情挫敗，公主就無法承受。」

思緒轉了一圈，白素音反駁：

「你錯了！千百年的尋覓已讓我嚐遍無窮無盡的苦澀、辛酸、沮喪，挫敗何止幾百、幾千次？我這種痛楚，深切椎心，又有誰知道？」

唐東玄點頭，接口道：

「既然公主受過這樣的苦，難道還要繼續承受？不想跳脫束縛？」

白素音忽然沉凝不語。

「妳知道嗎？過去，我也受到這樣的苦澀，我覺得一再輪迴，生生死死，不但辛苦，也無窮無盡。倘若修行能讓我理解大道，雖然不敢說能到達大澈大悟境界，但至少，我可以不被私情羈絆。況且，除了私情，人生還有很多其他重要的事物。」

白素音看他一眼，他說的還是這些重複的話呀！

「希望公主能留下來，跟我一起修行，若能大澈大悟，脫胎換骨，不必再輪迴，那麼公主不就解開了心中的結。」

思緒千迴百轉，白素音輕輕道：「如果我執意要回去呢？」

整個上午，說的多是廢話了？唐東玄升起無力之感，難怪經云：

「**剛強眾生，難調難服**」。

「我可以清楚地告訴你，尋覓百千年，終於找到我身心的依靠，我……」白素音深吸口氣，搖了搖頭，「我無法放棄！也不想放棄！」

唐東玄深邃星眸，平冷無波。

白素音語氣堅定地又說：

「我……無法接受你的說詞。要我把心抽掉、把感情抹滅掉，什麼都沒有了，那我只剩空殼，活著又有何意義？」

世間絕大部分人，果然是看不開這個「情」字呀！

「所以你不必浪費唇舌，不必阻擋我回去。」

「我無意阻擋。如果公主決定回去，我，跟妳一起回去。」

白素音聞言一愣，揣測不出他的意思。

「你跟我回去？爲什麼？」

「以我一命，抵『鬼市』安然無恙。」

「呵……」白素音冷然一哂，「又是『鬼市』？放心吧，一切就到此爲止。既然你執意如此，我也無話可說。」

唐東玄小心翼翼地問：

「公主有什麼打算？」

白素音仰頭，凝睇著窗外無盡的天空。

「天蒼蒼，地茫茫，誰料得到下一步，又欲往何方？」

尾聲

回到阿修羅界的金殿，公主整個人都變了。

她不愛說話，鎮日沉默，有時會仰望天際發呆；有時獨自在園子裡散步，但總把隨從全都遣散，只喜歡獨處。

儘管阿修羅殿下百思不得其解，卻也不敢問妹妹到底怎麼回事。於是私底下，他問遍了公主所有的隨從，居然無法得到明確的回答。只約略從阿官、大奴口中，探出公主跟駙馬爺談過兩次話，時間有點長，而且是單獨兩個人。那到底談些什麼，阿官和大奴都搖頭說不知道。

殿下非常震怒，甚至搬出嚴刑拷具，要處罰所有跟隨公主去駙馬爺家的隨從。正要行刑時，剛好公主駕臨偏殿，她嚴肅著嬌俏美顏，向殿下數落了一番，最後還說了重話：

「殿下，我知道您關心我，可是您管太多了。我的事情，我自己會處理。」

「好，那妳告訴我，妳要怎麼處理唐東玄？」殿下怒臉異常猙獰、寒厲。

「我說過，我自會處理。」

「不行，妳要告訴哥哥，到底他……這個混蛋做了什麼事？說了什麼話？」殿下氣得口不擇言，怒道：「瞧瞧，把我一個天女般可愛的妹妹，變成了個遊魂？」

公主平靜地眨眨眼、淡漠地說：「好吧，請殿下屏退眾人，我跟哥哥談談。」

「可以，我要聽眞實的話，妳不准有半句虛僞。」

白素音露出漂亮的笑容，點了點頭。

又看到妹妹可愛的笑顏，殿下心裡一寬，他馬上下令撤掉刑具、屏退所有部眾。

但過了好半天，白素音沉沉不發一語，暴躁又焦急的殿下忍不住了：

「說眞的，看到妳回來，哥一度以爲妳終於想通了，想看看我們阿修羅頂級部眾，個個驍勇善戰，個個魁武壯碩，我原本打算下個命令，公開比賽，以武選親——」殿下振振有詞地說，可是看到公主眉頭愈蹙愈緊，他馬上轉開話鋒：

「妹妹放心。我會先把唐東玄解決掉，讓妳安心選駙馬。」

白素音忽地站起身，轉頭就走。殿下慌忙走下御座，伸長大手，阻擋公主。

「好好好，哥哥說錯話。原諒哥哥是個粗人，不會說話。好嗎？」

明眸大眼一瞪殿下，公主轉身回座，還是氣惱地不肯開口。

等了好一會，殿下忍不住動動嘴巴，又等了好一會，終於低聲開口，卻不敢再提唐東玄的名字，只是繞著圈子。

「可以說了吧？啊？別把我急出病了。他要敢對妹妹一絲絲不好，或給個臉色看，我馬上找他算帳！就算他可以搬天兵、天將，我也不怕，肯定跟他們奮戰到底！」

「哥哥開口就說重話，叫我怎麼談下去？」白素音瞪哥哥一眼。

殿下馬上用手，掩住自己的嘴，這舉止又引來白素音噗嗤而笑。兩兄妹間，氣氛馬上變得輕鬆。

「今天，我說的話很重要，哥哥務必要聽清楚。」

「當然啦！這是一定的。」

「還有，我有個請求。」

「百個、千個、萬個，哥哥都允准。說吧。」

「第一，以後絕對不能再去『鬼市』找碴。」

殿下眨巴著深青紺色的蠻橫大眼，「我何時去找碴過？」

「有，你自己說過的，忘記了？好啦，過去的就不提了。我是說，『以後』不准，也不能去『鬼市』抓人……」

「嘿，『鬼市』裡面哪有人，都是些亡靈、遊魂、妖精、鬼怪。」

「不管它們是什麼，哥哥請答應我，絕不再去侵擾『鬼市』。『鬼市』跟我們，其實完全不相關。」

殿下點頭不迭。

「第二，不准動唐東玄一根汗毛。」

殿下猶豫地眨閃著大眼。

「哥哥剛剛說過，百千萬個請求都允准，我現在只有兩個請求，哥哥就不肯了？」

「阿……好啦，好啦。還有呢？」殿下大手一揮，爽快答應了。

「就這樣。」

「這麼簡單？」

「嗯，」用力一點頭後，白素音起身，「我去御花園散心，觀賞庭中花朵。」

「欸，等一下，等一下。妳還沒告訴我，唐東玄跟妳說了些什麼？還有，妳回來的原因都沒說清楚……」

「我捨不得哥哥，所以回來了。改天再談吧。」

白素音一面往前走，一面回頭，露出小酒窩，清秀嬌顏笑得迷人，殿下哥哥看到妹妹笑顏，還眞的住口不再問了。

之後，一切安謐無事。

第三天，殿下正準備上殿，阿官忽然惶急地奔到金殿，跪在金階前，聲淚俱下。

「殿……殿下，不好了，公主……公主……不好了……」

殿下臉色遽然乍變，厲聲吼道：

「起來，說清楚，什麼事？」

「清晨小的準備伺候公主起身，但是公主都喚不醒，小的上前揭開金綾帳，見公主臉色不對勁，她……」

才聽一半，殿下便急急走下金殿座，奔向公主寢殿！

寢殿前，排滿數列隨從、婢女、阿修羅女武將，殿下匆匆奔了進去，揭開金綾帳。一看到公主，那沉魚落雁般娟秀姣顏，已不復往昔的紅豔，而是敗灰地緊閉雙眸。

殿下一看就知道，公主體內的修羅寶珠，不在了。

殿下轉身，雙眼睛芒一掃，看到桌上有東西。他急忙奔近，桌上一只精緻錦盒下，壓著兩張信函。

他認得錦盒。因爲，他身上也有一只同樣的錦盒，裡面是阿修羅的本命珠——修羅寶珠。因爲這顆寶珠，阿修羅可以長壽、健壯，不怕任何災難、侵犯，也不同於其他界的人壽命比較短。

吐出了本命的修羅寶珠，將修羅寶珠回歸錦盒，人也崩析而亡。

殿下顫抖著手，拿起錦盒，心中一直期望……期望不要看到那顆修羅寶珠。

打開錦盒的刹那間，將修羅寶珠珠光燦爛地四射著，閃爍地發出光芒。殿下一顆心，瞬間墮入谷底。

公主決然地吐出她體內的阿修羅本命寶珠，可見死意彌堅！

殿下一臉目瞪口呆，木然地闔上錦盒，拿起桌上信函，一張給殿下；一張給唐東玄！

殿下顫慄不停的手，打不開信函，一旁的阿官，滿臉淚痕地替他打開，抽出信呈給殿下。

殿下哥哥，記得你答應過妹妹兩個請求，怕你忘記，再度提醒哥哥：

一、不能找「鬼市」麻煩。「鬼市」和我們無關。

二、不准動唐東玄一根寒毛。

請殿下哥哥務必遵守約定。

妹妹素音　絕筆

放下信件的同時，殿下頹然傾斜而倒，兩旁的隨侍迅快奔上前扶住殿下。兩人扶不住，另外兩人忙奔上前，四個人扶著殿下，轉出公主寢宮。

唐東玄接獲阿官送來的信函，有些莫名其妙，正想問阿官，公主過得可好？

他尚未開口，阿官已經旋身，瞬間飛退消失。

掂著信函，唐東玄意識到不妙，但也只能展開信函，一看之下，瓷玉般一雙手卻不自覺地顫抖起來。

唐……請原諒，我不知道該如何稱呼你。見信時，我已離開，永不相見。

我將是一縷幽魂，四處飄盪。再沒有愛、沒有恨，也沒有知覺。

記得你說過，狹窄的私人感情一旦昇華，將可以發現，天地間是這麼遼闊。

我卻認爲，把心抽掉，把感情抹滅掉，我……什麼都沒有了。

所以我試著只剩空殼、試著消失，看看能不能與你之間，兩不牽扯，再無羈絆！

最後，希望你修行有成，海闊天空。

白素音　絕筆

剎那間，唐東玄整個人都呆愣了，手一鬆，信函飄墜到地上。他遲疑地彎腰拾起信函，但是，信函再度飄墜……如此多次後，他才提起精神，用心而愼重地，小心拾起信函。

再次凝望信函，感覺這張信函，宛如白素音無形的抗議——

既然對我毫無感情，又何必千絲萬縷的羈絆？

一滴滾燙清淚自唐東玄眼中落下……

然而，他經歷過數代修行，境界已達爐火純青，很快地，便收斂起心中散漫的意念。

再看一遍信函，唐東玄思慮跌宕間……既然公主做出絕然選擇，他尊重她的決定，衷心盼望她忘卻往事，早脫輪迴，離苦得樂。

如果公主選擇專志修行，以後修行有成，數代輪迴，因緣俱足，也許還能再相逢。

仰望遼闊的虛空，唐東玄僅以兩首偈，遙送白素音：

金剛經云：「**一切有為法，如夢幻泡影；如露亦如電，應作如是觀。**」

禪宗六祖惠能大師偈誦：「**菩提本無樹，明鏡亦非台；本來無一物，何處惹塵埃？**」

因此，直到今天，「修羅戰場」的干戈，依然持續不歇。

天界和阿修羅界，兩方的恩怨，始終無法平息！

這正是唐東玄要繼續努力修行，希望能以自己修行之力量，化解千年干戈。

至於「鬼市」，卻已恢復了往昔！

後記

「鬼市傳說三部曲」，故事內容都是鬼。所以在這裡，想要談跟鬼有關的事件。

根據西方神話傳說，「報喪女妖」出自愛爾蘭語，又名班西。班西是女性精靈，每當有重要人物將逝去時，班西會開始哭號。班西的出現，也是死亡的預示，因此她才被稱「報喪女妖」。

蘇格蘭神話中，她則被稱爲「bean sìth」（希瑟的女子），此外，像威爾斯神話、挪威神話、美國神話……等等，都有提及「報喪女妖」。

在亞洲，也有各式各樣的鬼神類，日本有百鬼夜行，我們台灣也有百鬼錄。自有人類開始，從原始社會，因爲環境等諸多因素，萌生了許多神鬼的傳說，講白一點，不管東、西方，人人都喜歡聽鬼故事，喜歡口耳相傳鬼故事，因而形成了「鬼文化」，無止歇地繼續流轉下去。

鬼文化有許多層面，例如勸善、隱惡、因果報應、會幫助人類的善良鬼；會懲罰惡人的惡鬼、厲鬼等等……

既稱百鬼錄，可見鬼類繁多，不勝枚舉。至於「鬼市傳說三部曲」，雖然都是談鬼的鬼故事，但每一篇幅只算是小局面。所幸出版社的編輯團隊，各位先進、同仁，都不吝於指導筆者，費了許多心力、時間，讓筆者在寫稿時得到許多助益，眞是無任感荷。

趁這個機會，向主編、各位先進、同仁，還有繪圖、插畫作家，致上深深謝意。

據「百鬼錄」所蒐集，計有十二大類，無法一一列舉。在這裡，舉幾個平常生活中，容易撞到的鬼類，以當參考：

縊鬼，又名吊死鬼；水鬼，又稱溺死鬼；拘魂鬼，喜穿紫衣，相貌與常人無異；小兒鬼，又名夜啼鬼，夭折的孩童死後所化；墓鬼，出沒在墓地，喜歡安靜，討厭被打擾；產鬼，會纏上孕婦，阻礙孕婦生產，產鬼跟一般女子很難分辨。

腹鬼，這是一種神祕的鬼，從來沒人見過，被腹鬼入腹者，能聽到腹鬼的說話聲。

冥鬼，數目最多的鬼類，就是人死後的靈魂，進入陰間，會失去生前記憶，等待轉世。

猙獰鬼，身體強壯，面目猙獰，大眼闊嘴，可以在白天出現。

冤鬼，也是十二類中，最常見的。受了冤曲無法申訴者所化，為了冤情，到處遊盪，找機會為自己申冤。

篇幅不夠，以上只是十二類中比較常聽說、常見的鬼類。

除了鬼類之外，還有其他許多，樣貌不同、名稱不同，卻也可歸類於鬼物，例如：阿修羅、鳩槃荼、夜叉、羅刹等等……眞是繁不及述。

「鬼市三部曲」，因為涉及陽世間的瓜葛，所鋪陳的鬼，無形中減少了許多。有機會，希望能夠以鬼為主軸，描述更多、更驚悚、更詭譎的鬼故事，當然，那就看機緣了。

最後，更要感謝願意看到這裡的讀者諸君，或許您也是喜歡鬼故事的同好者，大家可以共同研究，並請繼續支持這個類型喔。

還有，談鬼並不可怕，只是一種「鬼文化」而已。謝謝各位！

汎遇

FANTASY 奇幻基地 奇幻基地書籍目錄

http://www.ffoundation.com.tw/

境外之城

書號	書名	作者	定價
1HO003Z	天觀雙俠・卷一（俠意縱橫書衣版）	鄭丰（陳宇慧）	300
1HO004Z	天觀雙俠・卷二（俠意縱橫書衣版）	鄭丰（陳宇慧）	300
1HO005Z	天觀雙俠・卷三（俠意縱橫書衣版）	鄭丰（陳宇慧）	300
1HO006Z	天觀雙俠・卷四（俠意縱橫書衣版）	鄭丰（陳宇慧）	300
1HO020Z	靈劍・卷一（劍氣奔騰書衣版）	鄭丰（陳宇慧）	300
1HO021Z	靈劍・卷二（劍氣奔騰書衣版）	鄭丰（陳宇慧）	300
1HO022Z	靈劍・卷三（劍氣奔騰書衣版）	鄭丰（陳宇慧）	300
1HO025Z	神偷天下・卷一（風起雲湧書衣版）	鄭丰（陳宇慧）	300
1HO026Z	神偷天下・卷二（風起雲湧書衣版）	鄭丰（陳宇慧）	300
1HO027Z	神偷天下・卷三（風起雲湧書衣版）	鄭丰（陳宇慧）	300
1HO038Z	奇峰異石傳・卷一（亂世英雄書衣版）	鄭丰（陳宇慧）	300
1HO039Z	奇峰異石傳・卷二（亂世英雄書衣版）	鄭丰（陳宇慧）	300
1HO040Z	奇峰異石傳・卷三（亂世英雄書衣版）	鄭丰（陳宇慧）	300
1HO045	都市傳說 1：一個人的捉迷藏	笭菁	250
1HO046	都市傳說 2：紅衣小女孩	笭菁	250
1HO047	都市傳說 3：樓下的男人	笭菁	250
1HO049	都市傳說 4：第十三個書架	笭菁	260
1HO050	都市傳說 5：裂嘴女	笭菁	260
1HO051	都市傳說 6：試衣間的暗門	笭菁	260
1HO052X	生死谷・卷一（彩紋墨韻書衣版）	鄭丰（陳宇慧）	300
1HO053X	生死谷・卷二（彩紋墨韻書衣版）	鄭丰（陳宇慧）	300
1HO054X	生死谷・卷三（彩紋墨韻書衣版）（最終卷）	鄭丰（陳宇慧）	300
1HO055	都市傳說 7：瑪麗的電話	笭菁	260
1HO056	都市傳說 8：聖誕老人	笭菁	280
1HO058X	古董局中局（新版）	馬伯庸	350
1HO059	古董局中局 2：清明上河圖之謎	馬伯庸	350
1HO060	古董局中局 3：掠寶清單	馬伯庸	350
1HO061	古董局中局 4(終)：大結局	馬伯庸	420
1HO062	都市傳說 9：隙間女	笭菁	280
1HO063	都市傳說 10：消失的房間	笭菁	280
1HO064	都市傳說 11：血腥瑪麗	笭菁	280
1HO066	都市傳說 12（第一部完）：如月車站	笭菁	280
1HO068	都市傳說第二部 1：廁所裡的花子	笭菁	300
1HO069	都市傳說第二部 2：被詛咒的廣告	笭菁	280

書號	書名	作者	定價
1HO070	巫王志・卷一	鄭丰	320
1HO071	巫王志・卷二	鄭丰	320
1HO072	巫王志・卷三	鄭丰	320
1HO073	都市傳說第二部 3：幽靈船	笭菁	280
1HO074	恐懼罐頭（全新電影書封版）	不帶劍	350
1HO075	都市傳說特典：詭屋	笭菁	280
1HO076	都市傳說第二部 4：外送	笭菁	300
1HO077	有匪 1：少年遊	Priest	350
1HO078	有匪 2：離恨樓	Priest	350
1HO079	有匪 3：多情累	Priest	350
1HO080	有匪 4：挽山河	Priest	350
1HO081	都市傳說第二部 5：收藏家	笭菁	300
1HO082	巫王志・卷四	鄭丰	320
1HO083	巫王志・卷五（最終卷）	鄭丰	320
1HO084	杏花渡傳說	鄭丰	250
1HO085	都市傳說第二部 6：你是誰	笭菁	300
1HO086	都市傳說第二部 7：撿到的 SD 卡	笭菁	300
1HO087	都市傳說第二部 8：人面魚	笭菁	300
1HO088	氣球人	陳浩基	380
1HO089	都市傳說第二部 9：菊人形	笭菁	300
1HO101	都市傳說第二部 10：瘦長人	笭菁	300
1HO102	七侯筆錄之筆靈（上）	馬伯庸	450
1HO103	七侯筆錄之筆靈（下）	馬伯庸	450
1HO104	都市傳說第二部 11：八尺大人	笭菁	300
1HO105	恐懼罐頭：魚肉城市	不帶劍	350
1HO106	崩堤之夏	黑貓 C	350
1HO107	口罩：人間誌異	星子、不帶劍、路邊攤、龍雲、芙蘿	360
1HO108	都市傳說第二部 12（完結篇）：禁后	笭菁	300
1HO109	百鬼夜行卷 1：林投劫	笭菁	320
1HO110	末殺者【上】	畢名	399
1HO111	末殺者【下】	畢名	399
1HO112	百鬼夜行卷 2：水鬼	笭菁	320
1HO113	詭軼紀事‧零：眾鬼閑遊	笭菁、龍雲、尾巴 Misa、御我、路邊攤	320
1HO114	制裁列車	笭菁	320
1HO115	百鬼夜行卷 3：魔神仔	笭菁	320
1HO116	詭軼紀事‧壹：清明斷魂祭	Div(另一種聲音)、星子、龍雲、笭菁	340
1HO117	百鬼夜行卷 4：火焚鬼	笭菁	320
1HO118	百鬼夜行卷 5：座敷童子	笭菁	330
1HO119	詭軼紀事‧貳：中元萬鬼驚	Div（另一種聲音） 尾巴	340

書號	書名	作者	定價
		Misa 龍雲 笭菁	
1HO120	逆局．上冊（愛奇藝原創劇集《逆局》原著小說）	千羽之城	380
1HO121	逆局．下冊（愛奇藝原創劇集《逆局》原著小說）	千羽之城	380
1HO123	詭軼紀事‧參：萬聖鐮血夜	Div（另一種聲音） 尾巴 Misa 龍雲 笭菁	340
1HO124	詭軼紀事‧肆：喪鐘平安夜	Div（另一種聲音） 尾巴 Misa 龍雲 笭菁	340
1HO125	武林舊事．卷一：青城劣徒	賴魅客	399
1HO126	武林舊事．卷二：亡命江湖	賴魅客	399
1HO127	武林舊事．卷三：太白試劍	賴魅客	399
1HO128	武林舊事．卷四：決戰皇城（最終卷）	賴魅客	399
1HO129	百鬼夜行卷 6：黃色小飛俠	笭菁	330
1HO130	怪奇捷運物語 1：妖狐轉生	芙蘿	360
1HO131	怪奇捷運物語 2：神劍戲月	芙蘿	360
1HO132	怪奇捷運物語 3：麒麟破繭（完結篇）	芙蘿	360
1HO133	低智商犯罪	紫金陳	399
1HO134	百鬼夜行卷 7：吸血鬼	笭菁	340
1HO135	百鬼夜行卷 8：狼人	笭菁	340
1HO136	詭軼紀事‧伍：頭肩三把火	Div（另一種聲音） 尾巴 Misa 龍雲 笭菁	340
1HO137	綾羅歌．卷一	鄭丰	380
1HO138	綾羅歌．卷二	鄭丰	380
1HO139	綾羅歌．卷三	鄭丰	380
1HO140	綾羅歌．卷四（完結篇）	鄭丰	380
1HO141	我在犯罪組織當編劇	林庭毅	350
1HO142	百鬼夜行卷 9：報喪女妖	笭菁	340
1HO143	冤伸俱樂部	林庭毅	350
1HO144	詭軼紀事‧陸：禁忌撿紅包	Div（另一種聲音） 尾巴 Misa 龍雲 笭菁	340
1HO145	迴陰(金馬創投及台灣優良電影劇本改編小說）	盧信諺	450
1HO146	百鬼夜行卷 10：食人鬼	笭菁	360
1HO147	鬼市傳逕 1：跟鬼交易	汎遇	380
1HO148	鬼市傳逕 2：請鬼拿藥	汎遇	380
1HO149	鬼市傳逕 3：與鬼同行（完結篇）	汎遇	380
1HO150	百鬼夜行卷 11：雪女	汎遇	360

F-Maps

書　號	書　　名	作　　者	定價
1HP001	圖解鍊金術	草野巧	300
1HP002	圖解近身武器	大波篤司	280
1HP004	圖解魔法知識	羽仁礼	300
1HP005	圖解克蘇魯神話	森瀨繚	320
1HP007	圖解陰陽師	高平鳴海	320
1HP008	圖解北歐神話	池上良太	330
1HP009	圖解天國與地獄	草野巧	330
1HP010	圖解火神與火精靈	山北篤	330
1HP011	圖解魔導書	草野巧	330
1HP012	圖解惡魔學	草野巧	330
1HP013	圖解水神與水精靈	山北篤	330
1HP014	圖解日本神話	山北篤	330
1HP015	圖解黑魔法	草野巧	350
1HP016	圖解恐怖怪奇植物學	稻垣榮洋	320

城邦文化奇幻基地出版社
Fantasy Foundation Publications
http://www.facebook.com/ffoundation/
TEL：02-25007008 FAX：02-25027676

國家圖書館出版品預行編目資料

鬼市傳說 3：與鬼同行（完結篇）／汎遇著 —
初版—台北市：奇幻基地出版；
家庭傳媒城邦分公司發行；2023.6
面： 公分 .--（境外之城：.149）
ISBN 978-626-7210-47-5 (平裝)

863.57 112003566

ISBN 978-626-7210-47-5
Printed in Taiwan.

※ 本故事內容純屬虛構，如有雷同，純屬巧合。

境外之城 149

鬼市傳說3：與鬼同行（完結篇）

作　　者／汎遇
企畫選書人／張世國
責 任 編 輯／王雪莉、張世國

發　行　人／何飛鵬
副 總 編 輯／王雪莉
行銷業務經理／李振東
行 銷 企 劃／陳姿億
資深版權專員／許儀盈
版權行政暨數位業務專員／陳玉鈴
法 律 顧 問／元禾法律事務所　王子文律師
出版／奇幻基地出版
城邦文化事業股份有限公司
台北市 104 民生東路二段 141 號 8 樓
電話：(02)25007008　傳眞：(02)25027676
網址：www.ffoundation.com.tw
e-mail：ffoundation@cite.com.tw
發行／英屬蓋曼群島商家庭傳媒股份有限公司城邦分公司
台北市 104 民生東路二段 141 號11 樓
書虫客服服務專線：(02)25007718・(02)25007719
24 小時傳眞服務：(02)25170999・(02)25001991
服務時間：週一至週五09:30-12:00・13:30-17:00
郵撥帳號：19863813　戶名：書虫股份有限公司
讀者服務信箱 E-mail：service@readingclub.com.tw
歡迎光臨城邦讀書花園 網址：www.cite.com.tw
香港發行所／城邦（香港）出版集團有限公司
香港灣仔駱克道 193 號東超商業中心 1 樓
電話：(852) 2508-6231 傳眞：(852) 2578-9337
馬新發行所／城邦（馬新）出版集團
【Cite (M) Sdn Bhd】
41, Jalan Radin Anum, Bandar Baru Sri Petaling,
57000 Kuala Lumpur, Malaysia.
電話： (603) 90563833　傳眞：(603) 90576622
E-mail：services@cite.my

封面插畫／Blaze Wu
封面版型設計／Snow Vega
排　　版／芯澤有限公司
印　　刷／高典印刷有限公司
■2023 年6月29日初版一刷

售價／380元

廣　告　回　函
北區郵政管理登記證
台北廣字第000791號
郵資已付，免貼郵票

104 台北市民生東路二段141號11樓

英屬蓋曼群島商家庭傳媒股份有限公司城邦分公司 收

請沿虛線對摺，謝謝

奇幻基地

每個人都有一本奇幻文學的啓蒙書

奇幻基地粉絲團：http://www.facebook.com/ffoundation

書號：1H0149　　書名：鬼市傳說3：與鬼同行（完結篇）

請於此處用膠水黏貼

讀者回函卡

謝您購買我們出版的書籍！請費心填寫此回函卡，我們將不定期寄上城邦集最新的出版訊息。亦可掃描 QR CODE，填寫電子版回函卡

姓名：________________

性別：☐男　☐女

生日：西元________年________月________日

地址：________________

聯絡電話：________________　傳真：________________

E-mail：________________

職業：☐ 1. 學生 ☐ 2. 軍公教 ☐ 3. 服務 ☐ 4. 金融 ☐ 5. 製造 ☐ 6. 資訊

☐ 7. 傳播 ☐ 8. 自由業 ☐ 9. 農漁牧 ☐ 10. 家管 ☐ 11. 退休

☐ 12. 其他 ________________

您從何種方式得知本書消息？

☐ 1. 書店 ☐ 2. 網路 ☐ 3. 報紙 ☐ 4. 雜誌 ☐ 5. 廣播 ☐ 6. 電視

☐ 7. 親友推薦 ☐ 8. 其他 ________________

您通常以何種方式購書？

☐ 1. 書店 ☐ 2. 網路 ☐ 3. 傳真訂購 ☐ 4. 郵局劃撥 ☐ 5. 其他 ______

您喜歡閱讀哪些類別的書籍？

☐ 1. 財經商業 ☐ 2. 自然科學 ☐ 3. 歷史 ☐ 4. 法律 ☐ 5. 文學

☐ 6. 休閒旅遊 ☐ 7. 小說 ☐ 8. 人物傳記 ☐ 9. 生活、勵志

☐ 10. 其他 ________________

請於此處用膠水黏貼